Gabriel Rolón
Encuentros
(El lado B del amor)

Gabriel Rolón
Encuentros
(El lado B del amor)

Rolón, Gabriel
  Encuentros. - 15ª ed. - Buenos Aires : Planeta, 2014.
  288 p. ; 21x14 cm.

  ISBN 978-950-49-2836-2

  1. Ensayo Argentino I. Título.
  CDD A864

© 2012, Gabriel Rolón

Diseño de cubierta: Juan Marcos Ventura /
Departamento de Arte de Grupo Editorial Planeta S.A.I.C.
Diseño de interior: Monica Costa

Todos los derechos reservados

© 2012, Grupo Editorial Planeta S.A.I.C.
Publicado bajo el sello Planeta®
Independencia 1682 (1100) C.A.B.A.
www.editorialplaneta.com.ar

15ª edición: febrero de 2014
6.000 ejemplares

ISBN 978-950-49-2836-2

Impreso en Tivana S.A.,
Pavón 3441, Ciudad Autónoma de Buenos Aires,
en el mes de febrero de 2014.

Hecho el depósito que prevé la ley 11.723
Impreso en la Argentina

No se permite la reproducción parcial o total, el almacenamiento, el alquiler,
la transmisión o la transformación de este libro, en cualquier forma o
por cualquier medio, sea electrónico o mecánico, mediante fotocopias,
digitalización u otros métodos, sin el permiso previo y escrito del editor.
Su infracción está penada por las leyes 11.723 y 25.446 de la República Argentina

A mi maestro, Horacio Manfredi, quien compartió conmigo su conocimiento y me contagió la ética y la pasión por el psicoanálisis.

Si no creyera en lo más duro,
si no creyera en el deseo,
si no creyera en lo que creo,
si no creyera en algo puro.

Si no creyera en cada herida,
si no creyera en la que ronde,
si no creyera en lo que esconde,
hacerse hermano de la vida.

Si no creyera en quien me escucha,
si no creyera en lo que duele,
si no creyera en lo que quede,
si no creyera en los que luchan.

Si no creyera en lo que agencio,
si no creyera en mi camino,
si no creyera en mi sonido,
si no creyera en mi silencio…

SILVIO RODRÍGUEZ

Prólogo

Los cafés de Buenos Aires tienen un encanto particular. Ya sea como escenario de encuentros amistosos, desayunos solitarios o rincones de lectura, se esparcen por la ciudad alojando al pensamiento, la tristeza, el aburrimiento o, simplemente, matizando una espera.

Por sus ventanales se ve desfilar a la gente que, inmersa en sus mundos, pasa por la calle. Algunos apurados, otros distraídos. Hasta que alguien abre la puerta, elige una mesa y se adueña de un espacio que, por algunos minutos, se vuelve absolutamente propio.

Así lo he hecho yo también y, durante muchos años, han sido mi sala de estudio, mi lugar de trabajo y el sitio en el que tomé algunas de las decisiones más importantes de mi vida.

Pero lo que nunca imaginé es que uno de esos bares iba a convertirse en el ámbito en el cual iba a encontrarme con la gente para dialogar acerca de temas tales como la sexualidad, la adolescencia, la paternidad o la muerte. Por eso mismo, cuando surgió la idea de hacer el primer ciclo de encuentros con el título *Charlas de diván*, me pareció, si no una locura, al menos una excentricidad: ¿quién iba a levantarse un sábado a la mañana en pleno invierno porteño para ir hasta un café a desayunar y a escuchar a alguien que iba a decirle que el amor no siempre es algo maravilloso y que todos nos vamos a morir?

Sin embargo acepté el ofrecimiento y, a la espera de un disfrute que durara al menos unas pocas semanas, fui aquella primera mañana de mayo hasta Clásica y Moderna, lugar que era, aunque nadie lo supiera, parte de mi historia más íntima. Allí pasé horas estudiando durante mi etapa universitaria, allí leí alguno de los libros que me marcaron, allí escuché emocionado a artistas admirables y, también allí, me despedí para siempre de personas muy queridas.

Pero ahora era distinto.

Ahora llegaba para intentar reflexionar junto a otros, de un modo accesible, pero no por eso menos profundo, sobre aquellos temas que, como analista, escucho transitar no sólo en mi consultorio, sino también en el relato de amigos, familiares o desconocidos a los que he visto padecer en silencio.

La elección de los temas siguió una lógica simple. Dado el interés que habían despertado mis libros *Historias de diván* y *Palabras cruzadas*, me pareció interesante retomar la problemática de cada uno de los casos presentados en ellos y desarrollarlos con mayor profundidad, teniendo la posibilidad de recurrir a esas historias como referentes a los que apelar a la hora en la que fuera necesaria la ejemplificación. Aunque la dinámica que fueron tomando aquellos encuentros me llevó a incorporar, también, extractos de otros casos clínicos, además de escenas de películas, poesías y relatos históricos o mitológicos.

De esa manera, el miedo a la soledad, la infidelidad, los duelos, los celos, la sexualidad infantil, los pactos de silencio en la familia, la culpa, la angustia ante la muerte, los amores peligrosos, los ataques de pánico y la adolescencia fueron compañeros intelectuales de cada semana.

Para mi sorpresa, la gente no sólo acompañó masivamente el desarrollo de todo ese primer ciclo, sino que además propició con su deseo la continuidad de estos encuentros y tuvimos que planificar un nuevo período.

"¿Qué vas a dar en el segundo ciclo?", me preguntó alguien que había asistido a casi todos los encuentros, y ahí comprendí que esta hermosa aventura se había convertido para muchos —incluido yo mismo— en un momento esperado.

Armados de cuaderno y lapicera, estaban quienes venían a las charlas como si se tratara de un seminario académico. Tomaban notas, hacían preguntas y citaban conceptos que habíamos transitado en encuentros anteriores.

Inesperado, es cierto... pero estábamos en Buenos Aires, la capital mundial del Psicoanálisis, y por eso no era extraño que la gente se apasionara de esa manera ante la posibilidad de compartir dos horas de reflexión sobre los temas propuestos.

Buenos Aires y el Psicoanálisis... Todo un tema.

Cierta vez dijo el poeta Horacio Ferrer, haciendo referencia al bandoneón —instrumento de origen alemán— que no era sino "...un ave wagneriana que anidó en Buenos Aires porque intuyó que aquí lo estaría esperando Pichuco".

Del mismo modo, muchas veces me han consultado mi opinión acerca del porqué de ese amor, de esa pasión extraordinaria que existe entre la Argentina y el Psicoanálisis y, como soy argentino y psicoanalista, me permito aventurar una idea que tal vez sea más poética que verdadera, pero que aun así quisiera compartir con los lectores. Después de todo, me asiste la libertad del error y el pensamiento.

Mi conjetura es la siguiente.

Argentina en general, y Buenos Aires en particular, es una tierra hecha de ausencias. Hija de la inmigración de hombres y mujeres que huyendo de la guerra, la muerte o la pobreza, dejaban sus países, sus familias, sus amigos y su idioma para buscar aquí un lugar en donde realizar sus sueños, la ciudad se fue construyendo como un espacio habitado por una imperceptible pero eficaz conciencia: vivir consiste en aceptar la falta y sobreponerse a lo perdido.

A esta inmigración se le sumó la otra, la interna, la de aquellos que al no encontrar en sus pueblos de origen la posibilidad de un trabajo que les permitiera vivir dignamente, se arrimaron a "la Capital". Y se fue configurando así una población compuesta de personas que compartían como rasgo en común el haber dejado —más lejos, más cerca— sus afectos, su forma de hablar, su gente e incluso el olor de su tierra.

Algo para nada fácil. Ya sabían los griegos que el peor de los castigos no es la muerte sino el destierro; esa condena que lleva a una persona a vivir en un sitio del que no forma parte y en el que no se reconoce a sí mismo.

De ese modo tuvimos que armar entre todos un lugar propio, un estilo nuestro en el que la necesidad afectiva nos hizo escuchas del dolor ajeno, donde el abrazo y el mate se transformaron en una ceremonia de respetuoso silencio ante la aparición de la angustia. Y así fuimos construyendo una serie de rituales compartidos que se hicieron parte de nuestro modo de ser.

Por eso, no es raro que en una tierra abonada por las lágrimas de lo perdido y el deseo de lo por venir, el psicoanálisis haya encontrado su lugar en el mundo.

Quizás ésa fuera una de las causas de esos sábados concurridos, de esas preguntas que alguien hacía, tal vez a partir de su propio dolor, acerca de los temas más complejos de la vida, los únicos verdaderamente importantes: muerte y sexualidad.

Llegado a este punto me siento en la obligación de realizar algunas aclaraciones.

1) Éste no es un libro *sobre* psicoanálisis.

Es un libro escrito *desde* el psicoanálisis, y no tiene la pretensión de ubicarse como un texto de consulta.

Nace a partir de todo lo que en mí movilizaron aquellos encuentros tan cercanos con la gente, y las reflexiones que se abrieron paso en mi pensamiento a partir de sus preguntas y sus aportes. Por supuesto que no se trata de una desgrabación de lo acontecido en aquellas mañanas a pesar de que, en la medida en la que un texto lo permite, he intentado mantener el lenguaje coloquial para conservar algo de la frescura y la espontaneidad de aquellas charlas. Por eso, incluso, en muchos casos han quedado alguno de los disparadores generados por las intervenciones de los presentes bajo la forma de frases introductorias, para que el libro recupere ese clima de intercambio que caracterizó a estos ciclos y el desafío intelectual que generó la irrupción de una idea inesperada.

2) *Traduttore, traditore.*
Así dice el refrán, y es una manera de decir que el que traduce, traiciona; y eso es algo inevitable. Por eso, en el intento de traducir al idioma coloquial y cotidiano cuestiones tan complejas como el escenario edípico, la constitución de la identidad sexual o los caminos que llevan a la elección de objeto de amor, seguramente algunas reflexiones teóricas puedan aparecer algo forzadas.

3) Contenido de los capítulos.
Para este libro he seleccionado sólo aquellas charlas cuya temática giró en torno al Amor. Todas las demás desarrolladas en los otros encuentros: el duelo, la constitución de la personalidad o las estructuras psíquicas, entre muchas otras, quedan allí a la espera de una nueva oportunidad

o, simplemente, a merced del polvo del olvido. El lector encontrará además dos escritos que, intercalados entre los encuentros a modo de "interludios", desarrollan de un modo un poco más complejo alguna de las ideas que aparecen en los capítulos anteriores. Es sólo el intento de profundizar un poco algunas cuestiones y el libro puede ser leído sin detenerse en ellos. Pero quienes estén interesados, creo que encontrarán allí algún estímulo más para seguir reflexionando.

4) Tampoco es un libro de autoayuda.

Aclarado esto, nadie se podrá sentir estafado en su buena fe. En estas páginas no van a encontrar consejos ni soluciones, sino apenas algunas reflexiones, formas de abordar el análisis y la comprensión de ciertos fenómenos pero que, de ninguna manera, pretenden ser una guía de conducta ni una suma de máximas del buen vivir.

No es ésa mi función. Soy un analista que se ha esforzado por trabajar lo que Lacan llamó "El psicoanálisis en extensión", es decir, interrogar otros discursos y acercar algo de la complejidad del psicoanálisis a la gente "de a pie".

Una última reflexión para finalizar este prólogo.

Muchas veces se ha cuestionado el hecho de que Argentina sea el país con más psicólogos per cápita en el mundo.

Esto, lejos de ser una desventaja o un signo de locura, es un motivo de orgullo. Porque implica que, después de una larga lucha, que aún no ha concluido, hemos logrado que en nuestro país la salud psíquica sea considerada un derecho de una gran cantidad de personas y no el privilegio de unas pocas.

En la antigua disputa existente entre el cuerpo y la mente, la salud parecía haber quedado exclusivamente del lado del cuerpo, en tanto que el sufrimiento psíquico había sido desplazado al territorio de la soledad, al "arreglátelas como puedas". Y creo pertinente decir que más he visto sufrir a una persona por la pérdida de un amor que por una angina.

No es casual la vergüenza que aún genera la existencia de un "enfermo mental" en la familia, ya que la cultura misma volcó antiguas lecturas religiosas sobre un fenómeno perteneciente al campo de la salud. Así, el "loco" de hoy, como el de entonces, sigue imaginariamente más ligado a lo demoníaco que a lo clínico. Qué, si no, de aquellas histéricas que, en otros tiempos, fueron quemadas en las hogueras por la Inquisición acusadas de brujería.

Necesitamos entender que somos el fruto de una interacción permanente entre lo biológico y lo psíquico y que acotar la salud a uno sólo de estos campos es un acto de torpeza, cuando no el fruto de un perverso interés económico de aquellos que no quieren pagar más de treinta sesiones anuales por la salud psíquica de sus asociados.

Celebro, entonces, que seamos el país con más psicólogos per cápita del mundo. Repito: no es motivo de vergüenza sino de orgullo. Pero déjenme decir que todavía nos queda un largo trecho por recorrer.

Muchas poblaciones del Interior aún se encuentran alejadas de la posibilidad de este derecho y, en las salas de terapia intensiva de todo el país, nuestros seres queridos siguen muriendo sin que haya psicólogos de guardia que puedan contenerlos y se acerquen a escuchar lo que ellos, sujetos al fin hasta el último de los segundos de su vida, tienen para decir.

Primer encuentro

A MODO DE INTRODUCCIÓN

> "En el principio fue el amor."
>
> OVIDIO

Café, medialunas y Psicoanálisis (o algunas herramientas para abordar al amor)

En cuanto abrí la puerta sentí el impacto. Era el primero de los encuentros programados y, si bien todos augurábamos un buen comienzo, fue una sorpresa encontrar, en una mañana de sábado algo fría, el lugar desbordado de personas y verlas tomando un café mientras esperaban, por suerte, con gran interés a que diera comienzo mi exposición. Aunque, sabrán comprenderme, no pude evitar reparar en el resto de los ingredientes que había en esas mesas: tostadas, medialunas, manteca, mermelada, y confieso que al sentarme en mi banqueta, frente al atril en el que estaban mis pocos apuntes, me pregunté si mi anhelo sería posible, si ése sería el ámbito adecuado para hablar de los temas que nos convocaban: las emociones y los conflictos humanos.

Pero en respuesta a esa primera impresión —algo prejuiciosa, no voy a negarlo—, vino a mi memoria y a mi rescate aquella vieja costumbre que tenían los griegos de reunirse a reflexionar y debatir sobre los temas importantes de la vida alrededor de una mesa poblada de vinos y manjares.

Como testimonio de esto llegó hasta nosotros *El Banquete*, de Platón, libro que justamente lleva ese nombre porque alude a eso, a un banquete en el que cinco amigos se juntan a comer, aún bajo los efectos de la resaca de una reunión parecida que habían tenido el día anterior ya que, según parece, los pensadores de entonces eran bastante afectos a la charla, la comida y el buen vino.

Aquellas reuniones tenían una característica: giraban siempre en torno a un tema de conversación previamente elegido. Y en el encuentro de esa noche en particular a la que alude el libro, uno de los asistentes, Erixímaco, propone consagrar la velada a Eros. Los demás aceptan y acuerdan que cada uno de los comensales a su turno hará una exposición acerca del amor. Se convino el orden en el que hablarían y así dio comienzo a la velada.

Hay que decir que Eros, en realidad, no era más que una deidad bastante menor, algo así como un dios de segunda o tercera categoría. La realmente importante en esos temas era Afrodita, Diosa del Deseo y, comenzando a andar nuestro camino, digamos que no es lo mismo el deseo que el amor y que, si nos dejamos guiar por los relatos de la mitología clásica, podríamos al menos arriesgar la idea de que para los griegos, el deseo era aún mucho más importante que el amor.

Según se mire, no muy distinto a lo que pasa en estos tiempos.

Pero volviendo a *El Banquete*, cuando le llega el momento de exponer a Aristófanes, éste desarrolla una teoría para explicar el origen de las distintas tendencias amorosas. Es lo que se conoce como "El Mito de los Andróginos" y veremos cómo la idea que recorre esa teoría, expuesta en una noche de borrachera hace tantos siglos, guarda mucha relación con la manera en la que muchas personas, probablemente la mayoría, piensan aún hoy al amor.

Según este mito, en el comienzo, el mundo estaba habitado por seres circulares llamados Andróginos, formados cada uno de ellos por dos de los que somos ahora. Es decir que había andróginos compuestos por dos hombres, otros por dos mujeres y un tercer grupo formado por un hombre y una mujer. Eran seres eternos y completos que, por eso, no necesitaban reproducirse y desconocían la muerte.

Esta condición de inmortalidad y completud los embriagó de soberbia, hasta el punto tal de que se animaron a compararse con los dioses. Éstos, enojados y a modo de represalia, los partieron al medio dividiendo a cada uno en dos mitades que mezclaron y esparcieron por el mundo. En ese mismo acto, también les fue arrebatada la vida eterna y nos dice Aristófanes que, a partir de entonces, todos vamos por la vida deseando encontrar esa otra mitad para unirnos con ella y ser nuevamente seres completos e inmortales.

Así, los andróginos compuestos por dos hombres dieron origen a la homosexualidad masculina, los compuestos por dos mujeres a la homosexualidad femenina y los compuestos por un hombre y una mujer, a la heterosexualidad.

Como vemos, este mito deja sobrevolando dos cuestiones muy importantes. La primera, la unión existente entre la sexualidad y la muerte y la segunda, la idea de que es posible encontrar nuestra otra mitad que nos complete.

Desde ya, les adelanto que éste no es más que un sueño romántico, un anhelo inalcanzable ya que —y aquí nos metemos de lleno en una idea psicoanalítica—, la completud no existe. Nadie puede tenerlo todo, y vivir implica aceptar que todo tiene un costo y que en cada logro hay una pérdida.

La sensación de completud que genera el amor, y esto lo sabemos porque mal que mal todos nos hemos enamorado alguna vez, es sólo un engaño que dura apenas un rato, si tenemos mucha suerte.

Como dice Alejandro Dolina, "amar es inventarse cada día falsedades compartidas". O podríamos ser un poco menos poéticos y más psicoanalíticos y decir, junto a Jacques Lacan, que "amar es dar lo que no se tiene a quien no lo es".

Y es que, debo ser sincero: creo que en estos tiempos el amor tiene demasiada buena prensa y parece flotar en el aire la idea de que es siempre algo maravilloso; les aseguro que no es así, que no todos los amores son necesariamente buenos y que, en ningún caso, nos proporciona la completud anhelada.

Sin embargo, lejos de lo que pudiera parecer, no es ésta una postura cínica acerca del amor; por el contrario, considero que el amor es uno de los motores más importantes de la vida. Y, para no caer en confusiones, digamos que sostener que la sensación de completud que el amor genera es engañosa, no implica afirmar que el amor no pueda ser un sentimiento verdadero.

Pero no nos apresuremos. Ya iremos recorriendo el camino que nos lleve a pensar con mayor detenimiento qué cosa es el amor. Porque no todos decimos lo mismo cuando hablamos del amor.
Como irán descubriendo a lo largo de estas páginas, los analistas estamos mucho más cerca de Borges que de Platón. Y pienso en ese hermoso párrafo que aparece en *Historia de la eternidad* en el cual Borges cita a Lucrecio y le hace decir lo siguiente:

> "Como el sediento que en el sueño quiere beber y agota formas de agua que no lo sacian y perece abrasado por la sed en medio de un río: así Venus engaña a los amantes con simulacros, y la vista de un cuerpo no les da hartura, y nada pueden desprender o guardar, aunque las manos indecisas y mutuas recorran todo el cuerpo. Al fin, cuando en los cuerpos hay presagio de dichas y Venus está a punto de sembrar los cuerpos de la mujer, los amantes se aprietan con ansiedad, diente amoroso contra diente; del todo en vano, ya que no alcanzan a perderse en el otro ni a ser un mismo ser."

Es impactante ver cómo la fuerza de la poesía puede embellecer tanto una idea que, no lo neguemos, suena bastante desalentadora, ésta de que el amor genera sensaciones engañosas y de que la completud no existe.

Y con esta premisa, como les decía, empezamos a andar ya por el camino del psicoanálisis, y en este derrotero nos van a acompañar algunos conceptos, uno de los cuales, por ejemplo, les va a sonar familiar porque es casi de uso cotidiano, y es el concepto de Inconsciente.

¿Qué es el Inconsciente?

Recuerdo que cuando pronuncié el término "inconsciente" en aquel primer encuentro, percibí que la mayoría de los concurrentes asentían, como dando a entender que sabían de lo que estábamos hablando, pero me permití dudarlo por un segundo y, como si fuera un juego de asociación libre, les pedí que dijeran lo primero que se les viniera a la mente acerca de lo que les sugería esa palabra:

—*Olvido.*
—*Dolor.*
—*Que no es consciente.*
—*Represión.*

Esta última idea provenía, obviamente, de alguien ya ligado al ámbito de la psicología, más exactamente de una alumna de la Universidad de Buenos Aires. Y hubo quien agregó:

—Es como alguien que vive dentro de nosotros y nos hace hacer cosas que no queremos hacer... un extraño.

¿Se dan cuenta de cuántas cosas surgen en nuestro imaginario a la hora de pensar qué es el Inconsciente? Y debo decir que, de alguna manera, el Inconsciente es todo eso que dijeron, y mucho más.

No es fácil intentar transmitir un concepto tan complejo con palabras sencillas, pero vamos a intentarlo. Para lo cual pido la ayuda del lector para realizar un pequeño ejercicio; simplemente que, en este mismo instante, piense cuál es su segundo nombre, pregunta que en aquella ocasión le hice a una joven que estaba ubicada en la primera mesa. Me respondió que su segundo nombre era Denise.

Alguien había sugerido que el Inconsciente era aquello que no es consciente. Bien, hasta que yo les pedí que pensaran en su segundo nombre, esa palabra "Denise", en nuestro ejemplo, no estaba en su consciencia, lo cual quiere decir que entonces era inconsciente. Pero ¿ése es el concepto de Inconsciente para el psicoanálisis?

La respuesta es sí y no, porque no hay una sola teorización acerca de lo que es el Inconsciente. Por el contrario, hay tres momentos en la teoría psicoanalítica que determinan tres modos bien distintos de concebirlo.

El primero de ellos tiene que ver con esta idea de que es inconsciente lo que no está en la consciencia y es el ejemplo del nombre Denise. Hasta que yo formulé la pregunta, no estaba en su consciencia y entonces era, al menos por el momento, inconsciente. Y podemos deducir que, según esta concepción, el inconsciente sería algo así como una alacena de la cual podemos sacar su contenido con el solo esfuerzo de ir a buscarlo.

Bueno, ahí tenemos lo que los analistas llamamos Inconsciente Descriptivo, un lugar en donde está aquello que es inconsciente sólo por el hecho de no estar en la consciencia, pero que puede hacerse consciente no bien le prestamos la atención necesaria. Esto es lo que técnicamente se llama "Preconsciente" y es la primera formulación freudiana del Inconsciente.

Tienen que saber que en psicoanálisis, la teoría guía la práctica clínica, es decir que los conceptos en los que nos basamos los analistas no son algo menor, porque a partir de ellos pensamos a los pacientes y establecemos una dirección para esa cura en particular. ¿Por qué les digo esto?

Porque en esa época en la cual se pensaba en un Inconsciente que podía ser traído de nuevo a la consciencia, como en el caso del segundo nombre, el psicoanálisis se constituye como "el arte de hacer consciente lo inconsciente" y en esa dirección avanzaba el tratamiento. Que el paciente recordara, que trajera a su memoria una vivencia olvidada, que la hiciera consciente y entonces estaría curado. Y no es así, aunque aún hoy muchos profesionales, incluso, confundan con eso al psicoanálisis.

Pero lo cierto es que ése fue apenas un primer ideal de Freud que estaba enamorado de la técnica que iba descubriendo y, como todo enamorado en su primera etapa, se hacía ilusiones demasiado grandes acerca del objeto de su amor. Pero, no bien avanzó un poco, comprendió que el asunto era bastante más complicado que eso.

¿Y cómo se fue dando cuenta de esto? Porque empezó a percibir que había recuerdos que se resistían a volver, como si alguna fuerza los retuviera presos en un lugar inaccesible para el pensamiento, o como si desde la consciencia misma se levantara una barrera para no dejarlos pasar. Dedujo, entonces, la existencia de una resistencia a la posibilidad de retorno de esos recuerdos. Y es aquí donde descubre la existencia de un Inconsciente de otro tipo, diferente, más difícil de ser traído a la consciencia, y la cosa empieza a complicarse.

En uno de sus primeros textos ya había anticipado claramente esta idea, pero como suele ocurrir en análisis, es probable que ni él mismo hubiera podido escuchar la importancia de lo que estaba diciendo.

El texto al que hago referencia se llama "Las Neuropsicosis de Defensa" y, aunque no pretendo apelar a conocimientos académicos de los lectores, me parece honesto definir desde qué lugar estoy hablando, porque si no, el discurso se instala con la prepotencia de quien está transmitiendo una verdad revelada, y no es ésa mi intención. Por el contrario, muchos de ustedes van a encontrar diferencias entre los conceptos que aquí se despliegan y sus ideas o creencias. Tienen derecho a hacerlo.

Por eso aclaro —me parece pertinente— que todo lo que diga en este libro, proviene de las reflexiones de un analista que desea pensar junto a ustedes y, movido por sus propias inquietudes, habla y escucha a partir de la teoría y la práctica psicoanalítica. Y nuestras posibles diferencias no van a surgir sólo por cuestiones religiosas o concepciones de otras ciencias, sino que dentro de la misma psicología vamos a tener posturas totalmente enfrentadas a la hora de pensar qué es un paciente y cómo se trabaja, en qué dirección, cuáles de sus palabras son relevantes y cuáles no, si nos adentramos en su historia o nos dedicamos a observar su comportamiento presente.

Por eso, por un compromiso de honestidad intelectual, siempre es bueno esclarecer desde qué lugar alguien está hablando y admitir con respeto que hay otras maneras de concebir los mismos temas.

¿Psicólogo o psicoanalista?

Pero una vez planteado esto, seguramente muchos se estarán preguntando si es lo mismo consultar a un analista que a un psicólogo que trabaja con otra técnica. Y la respuesta es que no es lo mismo.

Pero entonces, y dado que un paciente no tiene por qué conocer las diferentes técnicas, ¿cómo puede alguien saber cuál es la que mejor se adapta en su caso particular, si un analista, o un sistémico, o un cognitivo? Y de hecho, ésta es una consulta bastante habitual.

La respuesta es que no tiene por qué saberlo ya que, como dice el psicoanalista argentino Juan

David Nasio en su libro *Un psicoanalista en el diván*, "lo realmente importante es la persona del terapeuta". Las cuestiones teóricas y técnicas son motivo de discusión interna entre psicólogos y no deben ser una preocupación para el paciente. Podríamos pensar en una analogía entre la psicología y la medicina, y decir que, así como dentro de la medicina hay diferentes especialidades y, aunque todos son médicos, no es lo mismo un cardiólogo que un oftalmólogo, algo parecido ocurre con la psicología; se puede ser psicólogo clínico y tener la especialidad como psicoanalista, conductista, sistémico o gestáltico, por nombrar sólo algunas. Y, así como un hematólogo presta atención a ciertos aspectos de un paciente y no a otros, lo mismo ocurre con los psicólogos. Aunque debo decir que para ser analista, teóricamente, ni siquiera sería necesario ser psicólogo. Pero ése ya es otro tema.

Lo que quiero transmitir es la idea de que si alguien fuera y hablara de su vida ante distintos profesionales, utilizando incluso las mismas palabras, ha de saber que no va a escuchar lo mismo un analista que un conductista. Y no sólo no van a escuchar lo mismo sino que, seguramente, no pondrán el acento en la misma parte del discurso. Me permito un ejemplo para ilustrar lo que digo.

Cierta vez me dijo un paciente, al cual en mi libro *Historias de diván* llamé Darío, la siguiente frase: "Yo tuve una infancia muy feliz. Mis padres siempre fueron muy unidos y mi sueño como hombre es tener algún día una mujer y una familia como la de mi papá". Pues bien, hay muchas maneras de escuchar esa frase según en dónde ponga el acento el terapeuta.

Alguien podría decir: bueno, este paciente tuvo una infancia feliz, con unos padres que fueron muy unidos, de modo que, en lo referente a los sistemas familiares, parece que todo está bien. Hay que buscar por otro lado.

Otro podría escuchar que manifiesta un anhelo de armar una familia como la que él tuvo y tiene alguna dificultad con este tema y preguntarse cuáles de sus conductas lo desvían de este anhelo, para ver cómo actuamos para corregir esas actitudes.

Un tercer terapeuta podría apoyarse en esa familia fuerte e idealizada para construir desde allí algo que haga al bienestar de ese paciente.

Yo, como analista, no escuché nada de eso. Y aclaro que fue mi escucha, porque no todos los analistas escuchamos lo mismo, tampoco. Pero lo que yo escuché es que ese paciente "sueña con tener algún día una mujer como la de su papá". Y la mujer de su papá, es su mamá. Es decir que hay un deseo que se pone de manifiesto en sus palabras y que él ni siquiera percibe. Y me adelanto a las objeciones que podrían surgir argumentando que no es eso lo que el paciente quiso decir. Ya sé que su voluntad fue transmitir otra cosa, pero justamente eso es lo que dice la teoría psicoanalítica: que no es el sujeto el que hace uso del lenguaje, sino que es el lenguaje el que utiliza al sujeto para decir otra cosa diferente de la que él quiere decir. Y es, precisamente, a ese más allá de la voluntad del paciente a lo que, a diferencia de otras técnicas, le presta atención un analista. No al sentido que voluntariamente le quiso dar alguien a sus palabras, sino a lo que las palabras le hicieron decir aun en contra de su voluntad.

Este paciente adulto, Darío, tiene una cuestión erótica muy fuerte con la madre que no es capaz de concientizar, lo dice claramente, pero no lo escucha. Y si esto es así, quiere decir que su infancia probablemente no haya sido tan feliz como él cree, ya que los impulsos sexuales dirigidos a sus padres, típicos de los primeros años de vida, no han sido resueltos, lo cual pone en jaque la veracidad de toda la frase.

Pero entonces si lo que dice no provino de su voluntad, de su decisión, ¿de dónde surge eso que decimos sin querer decir?

Los recuerdos reprimidos
(o decir lo que no se quiso decir)

Alguien había dicho en aquel primer encuentro que el Inconsciente era algo así como un extraño que vive dentro de nosotros y nos impulsa a hacer cosas que no queremos hacer. Yo agregaría que también nos hace decir cosas que no queremos decir, y aquí nos encontramos con la segunda formulación del concepto de Inconsciente. Lo que llamamos Inconsciente Dinámico.

Nombramos también a la Represión. Pues bien, este segundo inconsciente, a diferencia del primero, está relacionado con ese concepto de

Represión, que también es algo de lo que se habla mucho, pero por lo general de un modo erróneo. Digo esto porque es común escuchar frases del estilo de "no te reprimas", sobre todo en amigas que aconsejan actitudes relajadas u hombres que a las cuatro de la mañana quieren convencer a una mujer para que haga lo que ella ya ha decidido hacer hace dos horas.

Pero esto de lograr, merced a un pedido o un consejo, que alguien voluntariamente elija reprimir o no, es imposible porque la represión es un mecanismo de defensa inconsciente. No actúa porque alguien decida usarlo sino que sucede sin que nuestra voluntad tenga nada que ver con esto.

Cité algunos líneas arriba un texto de Freud que explica un poco cómo se da este proceso.

¿Cómo actúa la Represión?
(sueños, chistes y todo lo demás)

Supongamos que en algún momento de nuestra vida, ante una situación determinada, surge alguna idea, alguna representación mental que resulta intolerable y amenaza con producir una ruptura del equilibrio psíquico y emocional, entonces se la reprime. Esto ocurre sin que nos demos cuenta. No es que esa persona diga: "en este momento estoy reprimiendo". No. Simplemente, a esa idea traumática se le prohíbe el acceso a la conciencia sin que el sujeto sepa nada de eso.

Pero eso que no pudo ganar un lugar en nuestro pensamiento no desaparece para siempre, sino que queda en el Inconsciente. Pero ya no se trata de un Inconsciente como el anterior, el Descriptivo, del que podíamos disponer cuando quisiéramos. Porque estos recuerdos están reprimidos y entonces no podemos traerlos a la consciencia voluntariamente, ya que hay una fuerza que no los deja pasar y los mantiene en ese territorio oscuro y desconocido.

"Tanto mejor —podría decir alguien— así no molestan y no vuelve nunca más." Pero esto no funciona así y muchas veces esos recuerdos retornan, aunque deban hacerlo de un modo disfrazado. Pongo un ejemplo.

Imaginen que una chica adolescente les presenta a sus padres el muchacho con el que sale. Un chico con barba, desprolijo, algo sucio y de malos modos. Cuando quedan a solas, los padres le dicen a su hija que ese chico no les gusta y que no quieren que lo vea nunca más. Pero ella mantiene la relación en secreto. Pasan los años y llega el momento en el cual los jóvenes se quieren casar. La joven, entonces, presenta al muchacho ya sin barba, bien vestido, limpio y educado. Entonces los padres la abrazan emocionados y le dicen: "Éste sí. No lo vas a comparar con el otro mamarracho que nos presentaste hace cinco años". Es el mismo hombre, pero su imagen dista mucho de aquella que motivó su expulsión y los padres no pueden relacionar a un joven con el otro.

De un modo análogo, cuando algo de lo que fue expulsado de la consciencia quiere volver, debe disfrazarse. A estos disfraces, los analistas los llamamos "Formaciones del Inconsciente" y, aunque el término es teórico, todos las conocen. ¿O acaso nunca escucharon hablar de un sueño o de un chiste?

Ésas son las maneras disfrazadas en las que algo puede volver del Inconsciente. También puede tomar la forma de lo que llamamos un lapsus, un acto fallido o, como suele ocurrir, de un síntoma que hace sufrir al sujeto.

Justamente, uno de los trabajos del análisis es desenmascarar ese recuerdo y para ello contamos con la asociación libre del paciente y las intervenciones del analista; que no necesariamente son interpretaciones, como suele pensarse, ya que la interpretación es sólo una de las tantas formas que tiene un analista de intervenir. También puede preguntar, señalar o quedarse en silencio.

Muchos, al pensar en un analista, tienen el estereotipo del profesional que no habla y sólo dice: "Ajá". Bromean con eso y creen que es algo fácil y que nos encanta quedarnos callados durante toda la sesión. Se equivocan. No saben lo difícil que resulta eso a veces. Porque el silencio del analista es un silencio diferente. Es un silencio activo que el profesional decide sostener para que la sesión no se convierta en una conversación entre pares.

Incluso hay pacientes que al principio se resisten al diván porque dicen que necesitan mirar al otro a los ojos cuando hablan. Esos pacientes requieren de tiempo para adaptarse a la técnica y comprender que el análisis no es un diálogo, sino un modo de relación diferente del habitual.

Pero mejor sigamos adelante, ya que no es la intención detenernos en los detalles de la técnica psicoanalítica. Apenas si quiero dejar algunas herramientas que seguramente nos van a servir más adelante, cuando pensemos en los temas que giran en torno al amor.

No obstante, antes de eso me gustaría terminar con la idea de lo que es el Inconsciente. Porque todavía no hemos dicho nada acerca del Inconsciente Estructural, tal vez el más difícil de aceptar y de entender.

El susurro del Inconsciente (o ese ruido de fondo)

Para acercarnos en algo a un concepto tan complejo, me tomo de una frase de Freud que dice que "todo lo reprimido es Inconsciente, pero no todo lo Inconsciente es reprimido". ¿Qué quiere decir con eso? Que en el Inconsciente no están sólo aquellas cosas que expulsamos por dolorosas o traumáticas, sino que hay algo más, algo anterior a esto. Un Inconsciente diferente, que nació Inconsciente y que siempre lo será por más análisis que uno haga. Es decir, que hay un límite a la interpretación del analista. Que el psicoanálisis mismo no escapa al hecho de que todo no se puede. Esto es lo que solemos nombrar como "Castración", que es otra manera de hablar de la aceptación de la falta.

Pero pongamos un ejemplo para ilustrar el concepto de Inconsciente Estructural.

Cierta vez mi madre estaba mirando por el balcón de su casa que da a una calle muy transitada, y me dice: "hijo, mirá ese inconsciente".

Me asomé y vi que un hombre cruzaba la calle en medio de un tránsito feroz, con el semáforo en rojo y leyendo el diario. Y mi madre, que nunca leyó a Freud ni se analizó jamás, se dio cuenta de que allí había un acto peligroso del que el sujeto no se daba cuenta. Que ese hombre ponía en riesgo su vida, y por qué no, la de los demás, sin tener consciencia de eso.

Bueno, allí tenemos en acción al Inconsciente Estructural, al que también denominamos *Ello*, aunque se vive de un modo tan extranjero que Lacan prefirió llamarlo *Eso*. Una fuerza que nos impulsa a ir en busca de aquello que puede causarnos dolor. Y éste es un Inconsciente que jamás se hará consciente, porque no puede volver a la consciencia algo que nunca estuvo. Es un Inconsciente, digámoslo así, con el que se nace. Por eso es estructural.

Recuerdo que una paciente, promediando una sesión, me dijo una frase muy interesante. Estaba hablando de su relación con los hombres, de su dificultad para tener pareja, y en medio de su alocución me dice: "yo no sé por qué siempre me engancho con tipos casados".

Esa frase fue dicha por alguien que se analiza, y como tal, dice más de lo que cree decir.

Les propongo un juego. Desarmemos la frase corriendo el punto de lugar a ver qué pasa. Y vemos que lo primero que la paciente dice es: "YO". Es decir que el tema tiene que ver con ella, lo cual es la condición necesaria para poder trabajar desde el psicoanálisis cualquier problemática: que el paciente se involucre.

Si corremos un poco más el punto hacia la derecha, nos dice: "yo NO SÉ".

Allí hay un planteo interesante de lo que se experimenta como un desconocimiento. Algo que viene de un lugar otro, ajeno. Y allí, la paciente no sabe. En realidad, diría citando a Freud, aún no sabe que sabe.

Pero sigamos adelante. "Yo no sé POR QUÉ".

Es decir que hay un porqué, aunque ella lo desconozca, está reconociendo que hay un motivo para esto que hace.

Ahora viene, para nosotros los analistas, la frutilla del postre: "yo no sé por qué SIEMPRE".

Y digo eso porque aquí aparece esa palabra que instala la presencia del Inconsciente Estructural: Siempre. O nunca, lo mismo da. Palabras que hacen alusión a que el paciente no lo puede evitar. Le pasa siempre, o no lo logra nunca. Allí está actuando esa fuerza que lo arrasa y no le deja elección posible. En esa repetición inevitable, vemos la presencia de *Eso*.

Pero, ya que estamos, terminemos con la frase: "yo no sé por qué siempre ME ENGANCHO CON TIPOS CASADOS".

La paciente no dice que es su destino, que tiene mala suerte, que la felicidad no fue hecha para ella. No. Dice que es ella la que se engancha, es decir que asume que tiene responsabilidad en esto que le ocurre. Ése es otro punto fundamental para poder avanzar con el análisis.

Vemos cómo en esa frase pronunciada como al pasar la paciente ha dicho mucho: que el tema le incumbe, que no sabe de dónde viene pero que este comportamiento tiene un porqué que ella desconoce, que esto le ocurre siempre y no lo puede evitar, por ende, que es un síntoma del que sufre, que ella tiene que ver con eso que le pasa y que es algo que la lleva a una situación que le causa dolor.

Pero me parece que hasta aquí estamos bien con esto.

Retomemos, mejor, el tema de las Formaciones del Inconsciente, para lo cual nos tenemos que volver a situar en el territorio del Inconsciente Dinámico, es decir del Inconsciente Reprimido, de cuyo contenido sólo recibimos, dijimos, cosas deformadas, disfrazadas.

Entonces, las formaciones del Inconsciente son esas manifestaciones bajo las cuales vuelve algo de lo reprimido, es decir que implican un fracaso de la represión. ¿Por qué digo que la represión ha fracasado? Pues, porque mientras es exitosa, de eso no sabemos nada. Cuando algo reaparece es muestra de que el proceso represivo ha fracasado. El carcelero ha sido burlado. Pero digamos, muy someramente, en qué consiste cada uno de esos disfraces.

El Lapsus es un error verbal. Quiero decir algo y digo otra cosa. Me confundo de nombre, me trabo y no puedo decir una palabra sin equivocarme. Incluso a veces esto pasa repetidamente. El otro día un paciente quiso decirme que era una persona *intolerante,* pero en cambio me dijo que era una persona *intolerable*. Y hay una distancia importante entre que él tenga baja tolerancia o que resulte él mismo alguien difícil de tolerar para los demás.

Los Actos Fallidos son torpezas cometidas en las acciones. En el Caso Mariano, del libro *Historias de diván*, encontramos uno.

Mariano es un paciente joven, casado felizmente con una mujer a la que ama y con dos hijos. Sin embargo, hace tiempo que tiene una amante, Valentina.

Alguien podría cuestionar diciendo que si la engañaba, entonces no la amaba tanto. Pero yo le respondería que se equivoca, que la ama muchísimo pero, como dijimos antes —y es la clave de este libro— el amor y el deseo no son la misma cosa, y a veces pueden entrar en conflicto y llevar a alguien a una situación difícil. Pero ya hablaremos en los próximos capítulos, entre otras cosas, del amor, el deseo y la infidelidad. Por ahora sigamos con el ejemplo.

El tema es que Mariano llega a un punto en el que, inconscientemente, no quiere más esto, pero está inmovilizado y no se anima ni a cortar con su amante ni a confesarle su infidelidad a su mujer. Entonces, mientras se baña para ir a encontrarse con su amante, deja el teléfono prendido, sobre la almohada, al lado de su mujer, sabiendo que podía recibir un mensaje de texto de Valentina. Y el mensaje llega, la mujer lo ve y descubre todo.

Eso es lo que se llama un acto fallido. Y, con ese acto cometido *involuntariamente*, Mariano se las arregló para poner todas las cartas sobre la mesa. Él deseaba hacerlo, pero no se animaba. Pues bien, ese acto supuestamente desafortunado, hizo lo que él no podía hacer. ¿Pero era eso lo que él quería?

No conscientemente, por eso es un Acto Fallido. Porque produce un sentido que viene, no de algo que la persona quiere, sino de un deseo inconsciente que desconoce.

De los sueños, no es necesario hablar demasiado, me parece. Sólo decir que más allá del contenido manifiesto, de lo que podemos recordar cuando despertamos, en un lenguaje oscuro, casi como si se tratara de un jeroglífico, se esconde un contenido latente que tiene un sentido inconsciente que puede ser develado.

Los chistes dan un marco de justificación que a veces relaja la represión y permite decir algo de lo que se oculta, total, era una broma ¿no?

En cuanto a los síntomas, el tema se vuelve más complejo de explicar porque tiene que ver con un sufrimiento que se le impone a alguien a partir de cosas no resueltas y, por lo general, son los que traen a alguien a análisis.

"No puedo salir a la calle, soy impotente, cuando estoy por lograr algo me angustio, me gusta el sexo pero no puedo tener un orgasmo, sufro desmayos pero los médicos dicen que no tengo nada." Ésas son sólo algunas de las muchas maneras en las que un síntoma puede afectarnos. Y en gran medida.

Miren si no la película *Mejor... imposible*.

En ella Jack Nicholson interpreta a un neurótico obsesivo que no puede tocar las cosas si no se pone guantes, que no puede pisar las baldosas de un determinado color, que tiene que escuchar todos los lunes la misma música, distinta de la de los martes y de la de los miércoles y que no puede siquiera besar a una mujer porque pensar en el intercambio de fluidos lo angustia.

Los síntomas pueden condicionar la vida de una persona hasta el punto tal de volverle insoportable su día a día, y es con esa situación con la que más lidiamos en un tratamiento. Lo cual no implica que un análisis tenga como meta la supresión de éstos, sino que eso es algo que se da por añadidura al trabajo analítico.

Pero ¿por qué todo este preámbulo? ¿Qué relación hay entre lo inconsciente, el síntoma y el amor?

Para responder a eso, y antes de pasar al tema que nos convoca, me permito citar una vez más a Juan David Nasio: "En los asuntos del corazón (...) no elegimos sino lo impuesto y no queremos sino lo inevitable".

Segundo encuentro

RELACIONES DE PAREJA

> "La antropología es el estudio del hombre abrazado a la mujer."
>
> BRONISLAW MALINOWSKI

¿Siempre hay una historia de *amor* detrás de una pareja?

La pareja es uno más de los tantos vínculos que alguien puede entablar con otra persona y, como la amistad, las relaciones familiares o laborales, tiene ciertos modos de funcionamiento que la caracterizan. Pero lo que nadie parece discutir es que este vínculo en particular se construye sobre la base del amor. Pero ¿esto es realmente así? ¿Siempre hay una historia de amor detrás de una pareja?

La primera respuesta que surge es que sería al menos deseable que así fuera, ya que cuando alguien piensa en dos personas que comparten proyectos, que tienen sexo, hijos, cosas en común, pareciera imponerse la necesidad de que allí haya algo del orden del amor.

Pero, para comenzar a hablar de la relación que puede existir entre el concepto de pareja y el de amor, primero deberíamos convenir qué decimos cuando hablamos de amor. Porque a esa palabra se la utiliza de muchísimas maneras.

Recuerdo a una paciente que, quejándose de su novio, me dijo: "Bueno, está bien, él me quiere; pero yo lo amo", que parece ser que, para ella, era más. Y alguno podrá estar de acuerdo con esto y decir que sí, que amar es más que querer, aunque en lo personal no estoy tan seguro de eso. Porque esas palabras pueden querer decir lo mismo o algo diferente según sea el caso.

Cierta vez en una sesión, otro paciente que estaba muy confundido a raíz de una conversación que tuvo con su pareja que, al parecer, le reclamó que ya era momento de empezar a hablar de matrimonio, me dijo: "Tengo miedo de casarme, porque, yo sé que estoy enamorado de ella, pero no la amo".

Y a mí no me quedaba claro cómo manejaba esos conceptos y tuve que preguntarle para averiguar cuál era, según él, la diferencia.

No es fácil definir claramente qué cosa es el amor. Pero, al menos, hagamos el intento y digamos, aunque sea una obviedad, que el amor es una emoción. Pero, al decir esto, tampoco estamos diciendo demasiado, porque ¿qué es una emoción?

Podríamos empezar diciendo, aunque suene un poco caprichoso, que una emoción es una idea, un pensamiento, que carece de palabras. Por supuesto que hablo desde el punto de vista psicológico, porque una persona creyente, por ejemplo, puede pensar que el alma existe y decir que es algo que se siente en el alma; otro dirá que lo siente en el corazón. Bueno, a estos últimos tengo que desilusionarlos. Las emociones encuentran su lugar en el cerebro y no en el corazón. Pero nuestra cultura y su poesía han logrado que, cuando alguien se emociona, localice ese sentimiento en el corazón. Pero eso no es más que una caprichosa metáfora cultural.

Una historia de amor, venganza y castigo

Los griegos de la época clásica, por ejemplo, localizaban el amor en otra parte del cuerpo. Para ellos, el órgano importante era el hígado. De allí el mito de Prometeo; ya saben ustedes como es la historia.

Prometeo, que era una especie de gigante, tuvo la idea de engañar a los dioses en favor de los humanos. ¿Qué hizo? Fue hasta el Monte Olimpo, les robó una pequeña brasa de fuego, la escondió dentro de una caña hueca, salió disimuladamente y se la regaló a los hombres, que hasta ese entonces no conocían el fuego. A los dioses no les gustó esto y decidieron castigarlo dándole un regalo. ¿Cómo es esto de castigar a alguien dándole un regalo?

De eso, aquel pueblo sabía bastante y era común que cuando los griegos le daban un regalo a alguien lo metieran en un problema. Acuérdense, si no, del Caballo de Troya. De hecho, hay un dicho popular que dice: "esto es un regalo griego", previniéndonos de que el asunto, aunque parezca maravilloso, esconde algún problema, que algo va a salir mal.

Los dioses, entonces, le regalan a Prometeo, y esto ya tiene que ver con algo del orden de la seducción y el amor, una mujer con una caja llena de obsequios. Seguramente la conocen; el nombre de esa mujer era Pandora y todos hemos oído hablar de la famosa caja de Pandora.

Pues bien, Pandora, que era muy pero muy bella, después de todo la habían creado los dioses, se presenta ante Prometeo y le entrega la caja que le obsequiaban los habitantes del Olimpo. Pero éste, que no les había robado el fuego justamente por ser un ingenuo, les agradeció mucho pero dejó la caja cerrada en un rincón. La complicación surgió cuando su hermano, Epimeteo, que no era tan lúcido como él, abrió la caja por curiosidad.

¿Y con qué se encontró? Con que los dioses habían encerrado dentro de esa caja todas las desgracias del mundo, las que salieron no bien Epimeteo la hubo abierto. Y por culpa de ese acto, de ese *descuido*, y podríamos pensarlo en el sentido de un acto fallido, es que hoy existen todas las desgracias y sufrimos tanto.

"¿Todo por culpa de un tonto?", podría preguntar alguien. Sí, y quien no haya sufrido nunca por culpa de un tonto que arroje la primera piedra.

La historia suena endeble para justificar los males del mundo, pero, después de todo, no es más absurdo que pensar que los padecimientos existen porque a una mujer se le ocurrió morder un fruto.

Pero, volviendo a la historia, Prometeo, viendo que al abrir la caja escapaban la desdicha, el desamor y el sufrimiento, se abalanzó rápidamente sobre ella y logró cerrarla, dejando atrapada, al menos una cosa: la esperanza. De donde se deduce que para los griegos, como para mi amigo Alejandro Dolina, la esperanza era un castigo más.

Piensen si no en lo que ocurre cuando alguien es abandonado por su pareja. Les aseguro que una de las peores cosas que le puede pasar a esa persona es quedar esperanzada.

Una vez me dijo una paciente que estaba muy enojada, aunque sería mejor decir que en realidad se sentía humillada y dolida, y que su novio, que acababa de dejarla, era un ser despreciable y cruel. Le pregunté por qué decía eso, y ella me contó que, en el momento de despedirse, ella lo había abrazado y le había dicho que a lo mejor, dentro de un tiempo, la vida volvería a juntarlos. Y él, sin responder al abrazo, con total frialdad, la miró y le dijo: "No. Eso no va a pasar".

Ella sostenía que lo que el hombre había hecho era un acto de maldad, y yo intervine diciéndole que quizá con ese gesto la estaba ayudando. Porque le estaba diciendo que no tenía que tener esperanzas, que empezara a elaborar el duelo ya mismo, que no esperara a que él la llamara o tomara contacto de alguna manera. Es decir: no más. Se acabó.

Y esto es importante. Los analistas, muchas veces tenemos pacientes en una situación como ésta, y sabemos que para que alguien pueda empezar el trabajo de duelo es fundamental que admita primero que hay algo que se ha perdido. Es en ese sentido que la esperanza suele ser una dificultad extra para realizar ese trabajo.

Pero terminemos la anécdota de Prometeo. Ustedes saben que los griegos, antes de comer, debían ofrendar una parte del alimento a los dioses. Entonces, se preguntaron qué parte de los animales les iban a dar, y Prometeo dijo: "bueno dejemos que elijan ellos, que para algo son los dioses", e introdujo en una bolsa lo peor: las vísceras, la grasa, los huesos y arriba un hermoso pedazo de carne (lo cual, a los analistas nos remite necesariamente al sueño de La Bella Carnicera). A continuación, puso en otra bolsa todo lo más sabroso y lo cubrió con unos huesos impresentables y le dijo a los dioses que tomaran la bolsa que quisieran; y ellos cayeron en la trampa. Eligieron la bolsa que tenía los deshechos y, a partir de entonces, quedó establecido que todo lo que se les ofrendaría a los dioses era lo que ellos mismos habían elegido. Es decir, lo peor.

Imaginen ustedes que a Zeus y los suyos no les hizo mucha gracia esta nueva treta de Prometeo y, ya cansados del gigante, le impusieron un castigo. Lo condenaron a estar estaqueado sobre un monte, y a que un cuervo se depositara sobre él todos los días y le comiera el hígado, el cual se regeneraba durante la noche para que al otro día el ave pudiera volver a hacer lo mismo, reanudar el ciclo, y así por toda la eternidad. ¿Y por qué el hígado? Porque, como dijimos antes, para los griegos era el órgano más importante, más que el corazón.

No es difícil encontrar en este mito algunos elementos que nos remiten a la religión judeo-cristiana ¿no? Este Prometeo que roba el fuego sagrado (metáfora del conocimiento) para darle a los hombres lo que hasta ese momento era sólo patrimonio de los dioses, nos recuerda a Eva y la manzana de la ciencia, cuya mordida desató los males del mundo, aunque sin la necesidad de la caja de Pandora. Y a qué negar que este gigante que luego carga, ya no sobre sus hombros sino sobre su hígado, con la culpa por sus actos de amor tiene algo del Cristo.

Pero, más allá de estos juegos metafóricos, lo cierto es que el amor tampoco es generado en el hígado, por mucho que se enojen los dioses del Olimpo ya que, repito, los sentimientos no son más que pensamientos silenciosos.

Por eso, cuando hablamos del amor, se dificulta tanto, porque estamos hablando de algo a lo cual es muy difícil ponerle palabras. De allí que muchos, si pudieran, inventarían algún aparato que les permitiera medir con exactitud el grado del amor, para saber con certeza cuánto lo quieren. Pero, ante la falta de tan preciado instrumento, nos conformamos con metáforas más bien geográficas, y así alguien le dice a su pareja que la quiere hasta el cielo. Pero ella, que quiere marcar que su amor es más grande, le responde que ella también lo quiere hasta el cielo, pero ida y vuelta.

Siempre habrá algo que no podamos saber (¿es la pareja un llamado de la *especie*?)

Siendo que estar en pareja es una experiencia que le ocurre a la mayoría de las personas en algún momento de sus vidas, incluso de un modo recurrente, alguien podría preguntar entonces, si no habrá un llamado de la especie que nos impulsa a relacionarnos de ese modo con otro.

En una de las escenas de la película *El lado oscuro del corazón*, la actriz que encarna el papel de la muerte, le dice al protagonista: "Pero ¿no te has dado cuenta aún de que el amor es sólo una trampa de la naturaleza para perpetuar la especie?"

Si esto fuera así, diríamos que el amor es un invento cultural para viabilizar un condicionamiento natural. Pero eso sería como decir que el amor es una necesidad instintiva y me apresuro a decir que el ser humano tiene una diferencia crucial con los animales, y esa diferencia es justamente que carece de instinto.

Cierta vez dije esto en una conferencia y una mujer me preguntó qué pasaba entonces con el instinto materno. Le respondí que tampoco existía y me dijo que no estaba de acuerdo; que no me lo podía explicar porque era una sensación intransferible y que, como yo soy hombre, probablemente no pudiera entenderlo. Pero que ella era madre y me aseguró que el instinto materno es algo que se siente.

Parado en esta encrucijada, me permito dar una rápida definición del instinto, y decir que es una fuerza que conlleva un saber natural y que impulsa a todos los miembros de una misma especie a tener las mismas actitudes frente a iguales circunstancias, sin posibilidad de apartarse de ellas.

Miren los elefantes, por ejemplo, que cuando llega el momento de su muerte, caminan hacia un determinado lugar porque es allí donde deben quedar sus huesos para siempre. No lo deciden, no dudan al respecto, no se lo cuestionan, simplemente saben que deben hacerlo y no lo pueden evitar. Pues bien, nunca he visto una fila de hombres y mujeres agonizantes caminando por la Avenida Corrientes hacia la Chacarita. ¿Ustedes sí?

Pero no quiero esquivarle a la cuestión del instinto materno. Piensen en las noticias. ¿Nunca leyeron o escucharon que una madre abandonó a su bebé recién nacido en un basural? Bueno, esa actitud a la que calificamos de inhumana es justamente todo lo contrario, ya que nos demuestra que en esa hembra perteneciente a nuestra especie, no hubo ninguna información instintiva que le dijera que no debía hacer eso que hizo. Todos sabemos esto y hay quienes dicen que "los chicos no vienen al mundo con un manual que les enseñe a los padres cómo actuar". Ese manual sería el instinto, pero como carecemos de éste, debemos admitir que, incluso algo tan importante como la maternidad, debe construirse y que los orígenes de esa construcción se encuentran generalmente, allá lejos y hace tiempo, cuando la mamá, aún niña, jugaba a las muñecas e iba desarrollando un ideal cultural de lo que es ser madre.

Por supuesto que, en oposición a esto, hay muchísimas mujeres que pelean por la vida de sus hijos de un modo increíble. Increíble sobre todo para el instinto. Y digo esto porque sabemos que la mayoría de los animales, cuando tienen una cría enferma y con pocas posibilidades de vida, la apartan para ocuparse de los otros. Porque eso les indica el instinto que deben hacer, cuidar a las crías más fuertes que tienen más posibilidades de subsistencia y, por ende, de perpetuar la especie. En cambio nosotros, hemos elaborado medicamentos, métodos quirúrgicos intrauterinos, respiradores artificiales y un sinfín de alternativas para contrariar ese mandato de la naturaleza en pos de una actitud cultural y humana.

La maternidad es una forma más de relacionarse con alguien, en este caso un hijo. La pareja o la amistad son otras formas, pero ninguna de ellas es natural porque en el hombre todas las relaciones se construyen sin un saber instintivo. Y tal vez la sexualidad sea el terreno en el que es más fácil demostrar que el instinto no existe para nosotros como sí para los animales.

Una sexualidad muy particular (o nada *natural*)

La primera y principal de las diferencias entre la sexualidad animal y la humana es justamente que, mientras la primera se encuentra bajo el dominio del instinto, éste no existe en lo más mínimo en el hombre. Tenemos, eso sí, algo parecido, una fuerza, una energía que nos empuja permanentemente a la realización de ciertos actos en busca de la satisfacción, pero cuyas características son sustancialmente otras que las del instinto. A esta energía la llamamos Pulsión.

Y aclaro que no se trata sólo de una cuestión terminológica, sino de una diferenciación mucho más profunda. Porque el instinto, como ya dijimos, implica la existencia de un saber prefijado para los miembros de una especie que los lleva a tener ciertos comportamientos de los que no pueden apartarse. En el caso preciso de la sexualidad, el instinto le indica al animal que debe unirse a otro de la misma especie y diferente género para posibilitar entre ellos una unión genital con un fin reproductivo. Es decir que el instinto impulsa, por ejemplo, al perro a ir en busca de una perra (no cualquiera, sino una que debe estar en celo) para poder tener un encuentro genital con la finalidad de procrear.

Recuerdo una escena de una novela que leí hace ya mucho tiempo y cuyo nombre he tenido la precaución de olvidar. En ella, la protagonista era una condesa que se sentía profundamente atraída por un joven que estaba encargado del cuidado de sus caballos. Un cierto día en el que su esposo se había ausentado, desde la ventana de su cuarto, la condesa vio al joven y sintió el impulso de ir a su encuentro. Salió entonces de su castillo, se dirigió a la caballeriza e ingresó a ésta en el preciso instante en el que el muchacho estaba soltando al caballo padrillo para que sirviera a las yeguas. Una vez libre, el animal se dirigió directamente a una de ellas y la montó de inmediato. La condesa miró extrañada al joven y le dijo:

—Qué caballo más estúpido, ha elegido a la más fea de todas las yeguas.

El muchacho sonrió y pasó a explicarle:

—Lo que ocurre, señora, es que es la única que está en celo. Y el animal tiene la capacidad de darse cuenta inmediatamente cuando una hembra está esperando ser montada.

La condesa lo miró directamente a los ojos y replicó:

—Ya me parecía a mí que algo le faltaba a ustedes los hombres.

Y tenía razón la condesa. Obviamente, lo que nos falta a los hombres, y a las mujeres, es el instinto.

Pero continuemos. En la descripción que hicimos anteriormente acerca del comportamiento sexual instintivo del animal, entran en juego tres elementos: el objeto sexual, la zona erógena de contacto y la finalidad. Analicemos cada una de ellas y notaremos las diferencias existentes entre el instinto animal y la pulsión humana. Y empecemos por la más fácil de diferenciar, la finalidad.

Dijimos que el fin del encuentro sexual instintivo es la reproducción. Yo les propongo que, en un pequeño ejercicio de no más de cinco segundos, el lector cierre los ojos e intente repasar cuántas de las veces que tuvo relaciones sexuales lo ha hecho para procrear.

Seguramente, la respuesta será que todavía nunca, o que en dos o tres ocasiones, o veinte si quieren. Pero no cabe duda de que la mayoría de las veces la finalidad ha sido otra. ¿Cuál? El placer.

Y ésta es una diferencia enorme. El ser humano, generalmente, tiene relaciones sexuales porque le gusta, porque lo disfruta, porque es placentero. Queda en claro, entonces, que la finalidad no tiene que ver con la que indica el instinto sino con esa fuerza que nos empuja, ya no a la procreación, sino a la satisfacción de un deseo y la búsqueda del placer. De allí el desarrollo de la enorme cantidad de métodos anticonceptivos que se han desarrollado a lo largo de la historia y de las medicaciones que van apareciendo para prolongar la vida erótica, aun cuando la naturaleza ya no nos necesite como reproductores de la especie.

Tomemos ahora otro de los elementos: el objeto.

Decíamos que el objeto sexual de un animal es otro de la misma especie pero de diferente género. Pues bien, tampoco esto es igual en las personas, ya que no siempre el objeto erótico de un hombre es una mujer. Muchas veces un hombre encuentra el motor de su pasión en otro hombre y una mujer en otra mujer. Pero vayamos más allá de esto. A veces la pulsión ni siquiera exige la presencia de otro ser humano y se contenta con una parte de él. El exhibicionista es un claro ejemplo. Él no busca siquiera tocar al otro, se contenta y se erotiza con su sola mirada. Por eso se exhibe, para atraer hacia sí la mirada del otro que es el real objeto de su excitación. Y avancemos aún un paso más y digamos que, en muchas ocasiones, el objeto generador de la excitación ni siquiera debe tener "forma humana", como ocurre en el caso del Fetichismo, donde aquello que erotiza puede ser la presencia de un pañuelo en el cuello o un par de botas, sin lo cual la mujer carece de todo atractivo y pierde su interés erótico para el fetichista. En capítulos posteriores desarrollaremos mejor este tema, pero quería al menos instalar la idea de que el objeto del erotismo humano puede ser cualquiera y variar según cada miembro de nuestra especie.

Por último, abordemos el tema de las zonas erógenas comprometidas en el juego sexual y veremos que en la unión de dos personas, los genitales juegan un papel importante pero de ninguna manera único y determinante. Prueba de ello es el más común de los intercambios físicos entre dos personas: el beso, en el cual son los labios los que se instalan como la zona erógena capaz de dar placer y despertar la excitación. Otras veces, ni siquiera es necesario que los cuerpos se rocen, basta con la mirada o la palabra para erotizar. Si no, piensen en esas llamadas nocturnas que los novios se realizan, que avanzan en intensidad y se ponen cada vez más fuertes hasta que alguno dice: "basta o me voy para allá". Aunque también podría darse que encontraran la satisfacción en este juego mismo, sin necesidad de más.

Claro, me imagino que a esta altura muchos se estarán preguntando si estos ejemplos no pertenecen al territorio de las perversiones y no al de la normalidad. Y lo cierto es que no es una mala pregunta y lo que sugiere no está del todo equivocado. Pero ocurre que, en su ruptura con lo natural, toda sexualidad humana es perversa por definición. Y me veo en la obligación de aclarar rápidamente que, como psicoanalista, cuando utilizo el término "perversión" no estoy pensando en algo malo o inmoral, como suele ocurrir en el uso corriente de esta palabra, sino en una manera particular de relacionarse que tiene sus propias características y que no tiene por qué unirse necesariamente al concepto de algo dañino. Pero de esto también hablaremos más adelante.

La idea de Sexualidad cambió a partir del Psicoanálisis

El Psicoanálisis ha tenido mucho que ver en esta ruptura con el modelo de la sexualidad natural. Otra gran revolución que generó la teoría freudiana tiene su origen con un escrito fundante que se llama *Tres ensayos para una Teoría Sexual*. Allí, Freud expone que el erotismo ha sido entendido de diversas maneras según los tiempos. Pero, hasta su llegada, se pensaba aún que la sexualidad era algo que no existía en la infancia, que empezaba a aparecer con la pubertad y que duraba, según cada persona, hasta los sesenta o setenta años más o menos.

Los analistas sabemos que esto es falso. La sexualidad nace con nosotros y nos acompaña hasta el último momento de nuestra vida.

Basta con mirar a un bebé para darse cuenta. Ese instante tan hermoso para la madre en el cual su hijo se ha quedado dormido después de ser amamantado y, sin embargo, sigue succionando de su pecho, ya no para alimentarse, sino simplemente porque eso lo calma y le da placer, es un momento de contacto erótico entre el chico y la mamá. Obviamente que es, desde el adulto, despojado de su contenido sexual y sublimado bajo la forma de la ternura, pero no otra cosa que la búsqueda del placer erótico mueve al bebé a seguir prendido del pezón materno cuando su hambre ya ha sido saciada.

¿Y qué es lo que ocurre cuando un chico de tres o cuatro años dice con total naturalidad: "cuando yo sea grande me voy a casar con mamá"? Los adultos sonreímos y nos parece un comentario lleno de ternura, pero lo que el hijo está manifestando es que su madre es el objeto de su amor y su deseo. Y no podría hacerlo más claramente que diciendo lo que dice, que cuando sea mayor él quiere ser el hombre de esa mujer. Pero bueno, quién quiera oír, que oiga.

Como vemos, la sexualidad humana es compleja y no es de extrañar, entonces, que sea tan problemática y causa habitual de muchos de los trastornos afectivos que sufrimos de adultos.

Pero lejos de asustarnos por esta manera tan única de relacionarnos con el erotismo que tenemos, podemos entenderla más bien como una característica maravillosa que nos brinda la potencialidad de crecer, mejorar, disfrutar e incluso derivar esos impulsos en la consecución de causas nobles y creativas. A ese proceso lo llamamos sublimación.

Una paciente a la que le costaba mucho relacionarse sexualmente, me dijo que había observado un programa de *Animal Planet* y que había llegado a la conclusión de que para nosotros, la sexualidad era mucho más difícil que para los animales.

Por supuesto que es así, pensé yo. Porque mientras que el animal no duda porque el instinto le confiere un conocimiento natural sobre qué hacer, cuándo, cómo y con quién, para nosotros no hay saber posible acerca de la sexualidad.

Sabemos, eso sí, que allí está la pulsión con su fuerza de empuje, y que cada sujeto tiene la oportunidad de aprovechar ese impulso, esa energía, para llevar adelante el difícil pero maravilloso desafío de construir con ella un entorno de placer y respeto, para él y para los demás.

Claro que la sexualidad animal es mucho más natural, pero eso no quiere decir que sea mejor, porque la carencia del instinto le da al sujeto humano la posibilidad de elegir. Y entre esas elecciones, estar en pareja es una opción más, aunque durante muchísimo tiempo haya sido un mandato tan fuerte que estábamos todos casi condenados a estar en pareja a cualquier costo. Porque si no era así, si alguien llegaba a adulto y permanecía solo, aparecía esa cosa de: ¿Y a éste qué le pasa? ¿Será medio rarito? O, "Pobrecita la tía Marta; se quedó solterona"...

Sospecho que, a la luz de lo que estamos planteando y teniendo en cuenta además los conflictos que las relaciones de pareja suelen generar, alguno podría dudar incluso si no es más inteligente el comportamiento instintivo que lleva a los animales a juntarse sólo para procrear y perpetuar la especie sin involucrar sentimientos que puedan lastimarlos. Y lo cierto es que no hay inteligencia en el saber que da el instinto. Porque inteligencia viene de inteligir, e inteligir es la capacidad de diferenciar y discriminar para después tomar una elección. El animal no elige, sólo responde, por lo cual debo decir que aunque a veces, sobre todo con algunas personas, no se note mucho, disfrutamos y padecemos la inteligencia más que ellos.

El deseo no se detiene jamás
(nadie puede garantizar el amor eterno)

Recién planteamos que la pareja es una elección. ¿Pero decir que es una elección quiere decir que es una decisión voluntaria? ¿Es posible elegir amar para toda la vida a una misma persona? Y si fuera así ¿qué pasa entonces con lo que llamamos la metonimia del deseo?

Para decirlo de un modo simple, hablar de la metonimia del deseo es una manera de decir que el deseo se desplaza siempre de un objeto a otro, que no se detiene nunca y que no hay manera de satisfacerlo de una vez y para siempre. Por más que estemos muy bien en una situación, el deseo siempre se desplazará hacia otra cosa, porque todo deseo es básicamente, un deseo insatisfecho.

Sé que esta formulación no es agradable, que suena fea, que cuando alguien se enamora quiere que su pareja no desee a nadie más que a ella y, de hecho, una de las fantasías que genera el amor es ésa, la de interrumpir la metonimia del deseo.

Para quien se enamora, la fantasía es que el otro no va a desear a nadie más. Pero si ese alguien es sincero y se conoce, se va a dar cuenta de que esto no es posible; que no se deja de desear porque se esté enamorado.

Esta constatación de que el deseo de su pareja sigue circulando pone muy nerviosas a las personas inseguras, los desespera. Pero no hay nada que puedan hacer, ya que el deseo va a seguir su derrotero les guste o no.

Un paciente me dijo que ésa era una excelente excusa para darle a su mujer si lo encontraba con otra: "Mi amor, no es mi culpa, es la metonimia del deseo".

Pero más allá de que el comentario tiene su gracia, no quisiera que mis palabras se entendieran mal. No estoy diciendo que es imposible ser fiel. Porque, dentro de esa capacidad de elección que dijimos tiene el ser humano, cada quien tendrá que hacerse cargo de lo que hace con su deseo. Y ésa es otra de las ventajas de nuestra especie; porque en tanto que el perro no se cuestiona qué hacer ante la presencia de una perra en celo, un hombre en cambio puede decir: "qué hermosa es esta mujer, pero prefiero ir a mi casa con mi familia". Y esto es sólo un ejemplo, no es un consejo de cómo comportarse. No me corresponde ocupar ese lugar y cada quien tomará sus propias decisiones.

Con esto, apenas si quiero decir que el hecho de que el deseo sea algo imposible de inmovilizar, no nos quita la responsabilidad sobre nuestros actos.

Ahora, volviendo a la pregunta de si se puede elegir a alguien para toda la vida, es posible que eso sólo pueda responderse en el minuto final, mirando hacia atrás y dándose cuenta de que hemos pasado todos nuestros años al lado de la misma persona. Pero no al comienzo. Es demasiado pedirle a una relación que dure para toda la vida. Y con respecto a esto, les cuento una pequeña anécdota.

Tengo un paciente que es un poco obsesivo y que tiene todo un tema con la ley. Por ejemplo, si lo para un policía y le pide el registro, él le pregunta:

—¿Y por qué?

—Bueno —dice el policía— porque quiero ver que tenga todo en regla.

—Está bien —responde él— pero primero usted me dice su nombre, su cargo y me muestra su identificación.

—Es que la tengo en la oficina, allá adentro.

—Bueno, vaya a buscarla; yo lo espero.

Es un hombre simpático y muy inteligente, pero como todos, cuando el síntoma aparece, él se obnubila. Y ocurrió que el día de su casamiento, este tema que tiene con la ley lo llevó a protagonizar una escena bastante particular. Imaginemos la situación: casamiento por civil, los novios, los testigos, los invitados y el juez, representante de la ley.

Ustedes saben que los jueces de paz suelen ser amables, simpáticos, generalmente presiden situaciones gratas, elegidas. Pero aun así, la cuestión es que el juez le pregunta: Señor, ¿acepta por esposa a esta mujer para amarla, respetarla, serle fiel, cuidarla por el resto de su vida hasta que la muerte los separe?

Mi paciente lo mira y le dice: "De ninguna manera yo puedo jurarle eso".

Imaginen ustedes la cara de la novia y de todos los presentes. La cuestión es que el hombre lo mira asombrado y él, muy tranquilo, casi ajeno a la situación que se acababa de generar en la sala, le dice que está ante un juez de la Nación que le está tomando una declaración jurada y que no piensa mentir.

—Usted pretende que le jure que yo la voy a amar toda la vida, y no la voy a engañar nunca. Y la verdad es que no puedo prometerle eso. ¿Qué sé yo si la voy a amar para toda la vida?

La novia, que lo conocía muy bien, lo codeaba y le decía: "basta; contestale al juez lo que quiere escuchar".

Finalmente, mi paciente le dijo que lo único que podía decir con seguridad era que ese día en particular deseaba casarse con ella. Y el juez, para regocijo general respondió: "voy a tomar eso como un sí".

Sé que la actitud de este paciente es algo extrema y que en este caso tomó la palabra como si fuera un real, sin metáforas románticas, pero lo que él denuncia con su postura es que no hay garantías con respecto al amor; que decirle a alguien que lo vamos a amar toda la vida, es solamente un mimo, una parte más del juego erótico.

La pareja es un ámbito complejo y, con suerte, la persona que dice que va a amar toda la vida, lo dice porque lo siente aquí y ahora, aunque todo pueda cambiar en el futuro. Pero esto no quiere decir que el que lo dice está mintiendo. Seguramente lo sienta así, porque es tan fuerte el impacto que generan el amor o el deseo, y el momento presente golpea con tanta fuerza que el enamorado siente que no ha existido pasado ni existirá futuro. Por eso, cuando alguien nos dice que su pareja le confesó que jamás sintió con nadie lo mismo que con él, es posible que quien se lo dijo no le esté mintiendo, aunque lo que le diga no sea cierto.

Sé que esto último parece una contradicción, pero no lo es. Porque una cosa es la realidad, llamémosla objetiva (si es que esto fuera posible) y otra muy distinta es la realidad psíquica. O si quieren, en términos más fuertes, una cosa es la realidad y otra muy distinta es la verdad.

¿Y de qué lado queda cada una? La verdad siempre está del lado del sujeto; al menos la que nos importa encontrar en un análisis. Una verdad única para ese paciente en particular. Por eso, para nosotros los analistas, no importan las opiniones de los otros, sino a lo sumo, cómo éstas impactan en quien está acostado en el diván.

Me acuerdo de que una vez llamé a la casa de una paciente joven porque necesitaba modificar un horario. Me atiende la madre. Me presento y le pido hablar con su hija. La mujer, muy entusiasmada me dice: "Ah, qué suerte que llamó. Con usted quería hablar, porque las cosas no son como ella se las cuenta".

La mujer no tenía la menor idea de lo que la hija me había o no contado, pero seguramente creía que ella tenía una idea diferente acerca de la realidad de lo que ocurría en su familia. Obviamente, le hablé con mucha amabilidad pero no le di lugar. Porque no correspondía y porque además no me importaba en lo más mínimo lo que tuviera para decirme, porque yo, como analista, trabajo con la realidad psíquica de mis pacientes, aunque las cosas no sean como ellos las cuentan. Es sólo por esa vía que alguien puede acceder a sus deseos. Deseos que, seguramente en muchos casos, pueden acarrear problemas.

Por ejemplo, y volviendo al tema de la pareja, más de una vez alguien me ha dicho que, en el momento en el que se estaba casando, ya sabía que estaba cometiendo un error, que no era lo que deseaba. "Pero ¿qué iban a hacer —suelen preguntar— tirar todo para atrás, la fiesta, el vestido, los invitados?"

No se animaron y, por no pagar los costos en ese momento, los pagaron después. Y hay quienes pagan un precio demasiado elevado por no animarse a escuchar lo que desean.

Y, para terminar con esto del amor *para siempre*, digamos que puede ser que haya muchos amores para siempre en la vida de una persona. De hecho, excepto que se trate de un cínico, casi todo amor se vive, en el presente, como si fuera para toda la vida y es muy triste cuando esto no es así, cosa que solía darse cuando la motivación para estar en pareja era aquel mandato social del que hablamos anteriormente y no un verdadero deseo.

No todos eligen estar en pareja por las mismas causas

No es un tema menor el motivo por el cual un sujeto decide estar con alguien. He conocido algunas mujeres que querían desesperadamente armar una pareja sólo porque habían pasado los cuarenta y tenían un anhelo de maternidad que las forzaba a encontrar a alguien con quien inventar un amor allí donde, a lo mejor, no había nada.

Recuerdo que cierta vez una paciente me dijo que tenía la *necesidad* de ser madre. Pero sucede que, en el ser humano, excepto uno o dos funciones orgánicas mínimas y necesarias para mantener el organismo con vida, la necesidad es algo que se ha perdido. Por eso es tan interesante para el devenir de un análisis cuando la paciente puede cuestionar esa supuesta necesidad, por ejemplo, de tener una pareja y, luego de un tiempo, llega a la conclusión de que en realidad no se trataba de una necesidad de estar en pareja, sino del deseo de tener un hijo, y que la pareja apareció sólo como algo imprescindible para poder realizar ese deseo.

Pero lo cierto es que las motivaciones para estar en pareja pueden ser muchas y diversas. Incluso hay quienes buscan una relación para sentirse completos o porque les asusta la posibilidad de quedarse solos.

Con respecto a lo primero, como dijimos en el capítulo anterior, es cierto que hay un sueño de completud que el amor parece poder cumplir.

Por poco tiempo, porque esa sensación es fruto de la etapa de enamoramiento, la cual no es más que una locura pasajera. Y ¿por qué digo que es una locura?

Porque genera la idea, casi el delirio diría, de que a alguien ya no le falta nada. En ese sentido, la sensación que produce se parece un poco a la que crea el embarazo en algunas mujeres: esa vivencia de estar completas. Se tocan la panza, están contenidas en sí mismas y pareciera ser que nada les falta. Por eso, en esos casos, suele venir después la depresión post parto. Porque cuando otra vez están *solitas e incompletas*, se angustian.

Pero son muchas las personas, sobre todo si no se han analizado, que buscan en el amor la posibilidad de sentirse completos y renegar así de la falta. Pero recuerden lo que dijimos en el capítulo anterior cuando hablamos del mito de los Andróginos, y de la poesía de Borges, acerca de la inútil ilusión del enamorado "de fundirse uno en el otro y de hacer de dos un mismo ser".

Tercer encuentro

EL AMOR ES UN PUNTO DE LLEGADA

> "¿Es el amor un arte? En cuyo caso requiere conocimiento y esfuerzo. ¿O es el amor una sensación placentera cuya experiencia es una cuestión de azar, algo con lo que uno 'tropieza' si tiene suerte?"
>
> ERICH FROMM

Dorian Gray, un recuerdo infantil

Recuerdo que el día de nuestro tercer encuentro me encontré con que muchas caras ya me iban resultando familiares, y que otras nuevas se sumaban, como cada sábado; y pido perdón por la utilización de la sinécdoque. Ya saben ustedes, la sinécdoque es una figura retórica que implica tomar la parte para referirse al todo. Así, Borges dice: "llamaron a la puerta una voz y un nombre". Bueno, de un modo mucho menos poético y eficaz, he escrito que encontré *caras*, en lugar de decir personas; pero ocurre que, aunque estuviéramos en un ámbito tan poco formal como un café, los juegos del lenguaje forman parte del psicoanálisis y, por ende, de mi modo de hablar y pensar como analista.

Como saben, habíamos convenido dedicar estos encuentros a cuestiones relacionadas con el amor, que es ni más ni menos que uno de los temas fundamentales en la historia de la humanidad. Por amor se han llevado a cabo hazañas, traiciones, sacrificios personales y guerras.

Pero, lejos de esas epopeyas, para abrir este capítulo me voy a permitir contarles una experiencia personal.

Hace algunos años, por cuestiones de trabajo, hice un viaje a París que, como todos saben, es una de las ciudades más bellas del mundo. Allí se puede caminar por los puentes del Sena, ver la Torre Eiffel, recorrer la Catedral de Notre-Dame, el barrio de Montmartre, el museo del Louvre y muchas otras maravillas. Pero lo cierto es que mi deseo era otro: quería visitar el cementerio de Père Lachaise.

A los que no lo conozcan, les cuento que es un lugar muy concurrido al que va gente de todas partes para rendirles homenaje a algunos "muertos ilustres" como Chopin, Edith Piaf o Jim Morrison, por nombrar sólo algunos. En mi caso, quería dejar una flor sobre la tumba de Oscar Wilde.

Alguno se preguntará el porqué de este anhelo. Bien, lo cierto es que yo tendría trece o catorce años cuando leí *El retrato de Dorian Gray*, y a partir de esa lectura ya no volví a pensar acerca del amor de la misma manera que antes.

Ustedes saben que Oscar Wilde fue un hombre que padeció mucho por amor. Fue homosexual en una época en la que la homosexualidad era considerada no sólo un pecado por la religión y una degeneración por la medicina, sino también un delito. Además, se enamoró de un hombre que no le ahorró ninguna crueldad, y sin embargo, escribió cosas maravillosas acerca del amor; párrafos llenos de ironía e inteligencia.

Como dije, era apenas un adolescente cuando leí *El retrato de Dorian Gray*, y sucedió que con el tiempo me di cuenta de que recordaba una novela diferente de la que es. Por eso, cuando conversando sobre ella con algunos amigos percibí que hablábamos de obras distintas, supe que tenía que leerla nuevamente. Y así lo hice, siendo ya un adulto, y resultó que había muchísimas cosas que en su momento no había registrado y que eran fundamentales en la trama.

Por ejemplo, todo el fuerte contenido de erotismo homosexual que hay en los primero capítulos yo ni lo había percibido siquiera. Eso es lo que se llama represión; es un mecanismo de defensa del que ya hablamos en encuentros anteriores. Y esta represión tuvo que ver, sin duda, con la edad en la cual la había leído.

La adolescencia es una etapa en la que se está definiendo la personalidad pero, sobre todo, la identidad sexual de un sujeto. Por eso, no me resultó raro que en un momento evolutivo tan crítico, haya habido cosas que preferí no ver. Quizá porque me hayan asustado, no lo sé. En ese tiempo aún no me analizaba.

Podría decir, parafraseando a Heráclito, que nadie lee dos veces la misma novela; ya sea porque uno no es el mismo o porque los libros, como los ríos, cambian con el tiempo.

Dolina dice que si miramos las fotos viejas después de muchos años, vamos a notar que han cambiado. Que la sonrisa de esa mujer tal vez no es tan bella como lo era antes, o que el abrazo de aquel amigo muestra ya el germen de la futura traición, que no estaba cuando tomamos la foto. Me gusta esa idea poética.

Pero, volviendo al libro de Wilde, hay en el comienzo una charla que Dorian mantiene con lord

Henry Watton, un ser irónico, inteligente, muy seductor, pero un poco malvado que, obviamente, es el álter ego del autor. Ambos están hablando del impacto que les generó haberse conocido y Dorian le dice: "Esto que me pasa, seguramente debe ser el verdadero amor", y lord Henry lo mira y le responde: "Bueno, también podría tratarse simplemente de un capricho", ante lo cual Dorian le pregunta cuál es la diferencia que existe entre el amor y el capricho. "Bueno —le responde lord Henry— el capricho suele durar un poco más", y Dorian agrega: "Ojalá, entonces, que lo nuestro sea un capricho".

Maravilloso, ¿no creen?

Pero el tema es que, con ganas de visitar la tumba de Wilde pedí un plano y caminé hasta ella. Es una tumba enorme, con una escultura que parece un mascarón de proa; pero algo más me llamó la atención. Estaba toda pintada con pequeñas manchas de diferentes colores: rosa, rojo, azul, y no entendí de qué se trataba hasta que me acerqué y las miré con detenimiento. Entonces comprendí que eran besos. La gente que lo visita, en lugar de flores, se pinta los labios y le deja un beso en la tumba. No está nada mal para alguien que vivió el amor con tanta intensidad.

Me senté frente a su tumba unos segundos, después me levanté, dejé mi flor, posé mi mano y le agradecí en silencio por tantos momentos de placer.

Me han dicho que la familia de Wilde, para evitar esto, ha cercado su tumba para que la gente no pueda tocarla. Si esto es cierto, no dudo de que el amigo Oscar, se hubiera molestado bastante por esta decisión.

El enamoramiento no es más que un trastorno de la percepción
(no es lo mismo el enamoramiento que el amor)

Pero, dejando de lado mis recuerdos, me gustaría retomar algo que quedó apenas planteado en el capítulo anterior y que apareció nada más que como una visita fugaz: el concepto de "enamoramiento", idea que nos va a servir como comienzo de este recorrido. Y lo primero que hay que decir es que no es lo mismo el enamoramiento que el amor.

Cierta vez una paciente me dijo que me quería hacer una pregunta, pero que le daba un poco de vergüenza. Le pregunté por qué y me respondió que porque se trataba de una pregunta estúpida. Le dije, entonces, que si para ella era importante, independientemente de cuál fuera el contenido de esa pregunta, sería bueno que pudiera formularla. Ella hizo una pausa, como si tomara aire o coraje, y me dijo: "¿Vos creés en el amor a primera vista?"

No respondí, por supuesto, porque poco importa mi opinión al respecto e indagué en cambio, por qué le interesaba tanto el tema y me contó que hacía unos días le habían presentado a alguien, que lo había visto tres veces y que, aunque su inteligencia le decía que no podía ser, ella sentía que estaba enamorada.

Mi paciente había estado haciendo una especie de sondeo sobre este tema del amor a primera vista entre sus amistades y me dijo que al parecer las opiniones estaban divididas.

No se lo dije a ella, pero mi impresión es que el amor a primera vista existe... pero cinco años después. ¿Cómo es esto?

Se los grafico con un ejemplo.

Supongamos que un hombre está tomando algo en un bar y en un momento entra una mujer que lo conmueve por su belleza. La mira mientras se ubica en una mesa, comienza a dar vueltas en su cabeza la idea de acercarse, se pone nervioso, hasta que por fin se levanta y le habla. Se presenta, ella está sola, se ponen a hablar, después de un rato intercambian sus teléfonos, quedan en contacto, empiezan a verse y surge una relación. Pues bien, si esa relación perdura, dentro de cinco años él le va a decir que se enamoró de ella en el mismo instante en el que la vio entrar por primera vez. Y es verdad.

Pero supongamos que esa mujer que tanto le ha impresionado, cuando él se acerca le dice que está esperando a su esposo que es cinturón negro de taekwondo y que, si lo ve hablando con ella, no va a dudar en darle una terrible paliza.

Es obvio que, si ese hombre valora en algo su integridad física, se va a alejar de esa mesa más rápido que ligero y, lo más probable, es que dentro de cinco años ni recuerde nada de esa mujer que, al entrar en aquel bar, le generó exactamente lo mismo.

Con esto quiero decir que el amor es un sentimiento cuyo inicio se reconoce mirando hacia atrás e iluminando el pasado con la luz del presente. Es lo que llamamos resignificación. De donde podríamos concluir que el amor no es un punto de partida, sino un punto de llegada; un sentimiento que se construye con el tiempo.

Todo amor tiene un comienzo (cada cosa en su lugar)

¿Y en qué lugar de ese recorrido se ubica el enamoramiento? En el inicio. Es decir que podemos pensar al enamoramiento como el primer escalón en la construcción de un amor. ¿Y cuáles son sus características?

En primer lugar que el enamoramiento es un generador de ilusiones. De hecho así lo formulamos cuando empezamos una relación con alguien que nos importa. Decimos que estamos ilusionados con esa relación. Ahora bien, ¿qué es una ilusión?

Una ilusión es un trastorno de la percepción. Más exactamente, es la captación deformada de un objeto. Cuando, por ejemplo, en la oscuridad de la noche, un perchero en el que dejamos un abrigo nos genera la idea de que allí hay una persona, en ese caso se ha producido una ilusión. Hay un objeto, en nuestro caso el perchero, pero nuestra percepción capta algo diferente: un hombre. Y no debe confundirse esto con la *Alucinación*, ya que la alucinación es una percepción sin objeto. En ese caso, veríamos un hombre allí donde no hay nada. En la ilusión es necesario que haya un objeto: nuestro perchero, un velador, cualquier cosa. En la alucinación, en cambio, no hay ninguno. Los dos producen trastornos en la percepción, pero son fenómenos diferentes.

Pero, seguramente, muchos se estarán preguntando qué tiene que ver eso con el enamoramiento.

Bueno, es poco probable que el enamorado confunda un perchero con una persona, pero sí puede ser que perciba al objeto de su amor diferente de lo que es, que encuentre en él virtudes que en realidad no tiene.

Piensen en los amores de verano. Una amiga vuelve de las vacaciones y les cuenta que ha conocido a alguien. Una persona increíble, un hombre maravilloso, gentil, con estilo, delicado y con todas las virtudes que le quieran agregar. Pues bien, puede ocurrir que cuando unas semanas después se los presente, ustedes se miren en silencio y se pregunten: "¿Y éste era el príncipe azul?"

Y sí, es ése y, aunque para ustedes ni siquiera llegue a ser celeste, para ella, es azul marino. Por ahora.

¿Y por qué se da esa magnificación del otro?

Para explicar eso deberíamos pensar en el amor como en una cantidad, algo mensurable. Técnicamente no lo llamamos amor, sino libido. Pero pensémoslo así e imaginemos el siguiente ejemplo: tenemos una jarra, un vaso y el agua. La jarra es el amante, el vaso es el amado y el agua es el amor.

Es evidente que cuánto más agua se vuelque en el vaso, menos habrá en la jarra. Es decir que cuanto más amor se coloque sobre la figura del amado, menos afecto queda para el amante, y esto genera dos cosas. La primera, un engrandecimiento del ser amado que tiene todo el afecto puesto en él, y la segunda, un empequeñecimiento del enamorado que se va vaciando de libido, es decir, se va deslibidinizando. Por eso ve al amado brillante, hermoso, le resulta indispensable para su vida, en tanto que él se siente pequeño y vulnerable.

En uno de sus escritos más famosos, Freud compara al enamoramiento con la hipnosis y dice que el enamorado está ante el amado como el hipnotizado ante el hipnotizador. Es decir que, al igual que el hipnotizado, quien ama ha perdido su voluntad y acata la voluntad del otro; y ni siquiera es consciente de lo que desea porque el único deseo que le importa cumplir es el del hipnotizador.

En ese sentido se parece —dice Freud— el enamoramiento a la hipnosis; tanto uno como el otro dejan al sujeto en un estado de indefensión. Como dice un amigo poeta: "Siempre está en peligro el pasajero del amor".

Por suerte, en el tiempo que demanda la construcción de una pareja, el enamoramiento es algo que pasa, porque si no el sujeto quedaría eternamente con un déficit de amor para consigo mismo; podríamos decir, sin amor propio.

Piensen cuántas veces le han dicho a alguien que se "tendría" que querer un poco más. Muchas ¿no es cierto? Y lo que en realidad le están diciendo es que no se vacíe de libido, que no ponga todo el afecto en el otro, porque si lo hace va a estar en problemas.

Cierto es que, a pesar de lo que digo, quien está enamorado vive ese momento como si fuera algo maravilloso. Entonces ¿por qué plantearlo cómo si se tratara de un problema? Ni más ni menos que porque estamos denunciando la falacia del encuentro amoroso, la imposibilidad de que exista un otro tan maravilloso que nos complete, alguien que detenga nuestro deseo para siempre y pueda saciar nuestras ansias de eternidad. Porque ésa es la ilusión que genera el enamoramiento, pero como esa persona no existe y nadie puede sostenerse en ese lugar, es que en un tiempo más o menos largo, esa etapa cae y da paso al segundo momento en la construcción del amor; un momento al que me gusta llamar: "desilusión".

De príncipe a mendigo
(el peligro de comerse un sapo)

Seguramente el término *desilusión* pueda generar una cierta impresión negativa, pero no es ésa la intención de este libro. Sólo lo utilizo siguiendo la misma lógica de razonamiento que venimos compartiendo, y lo llamo así porque es el momento en el que cae ese proceso ilusorio de ver al otro como alguien maravilloso capaz de completarnos; aunque en realidad lo que sucede es que aparece una ilusión nueva pero de signo contrario: dejamos de verlo mejor de lo que era para verlo peor de lo que es.

¿Y cómo se da el paso entre una etapa y la otra?

El tiempo pasa y el enamorado ve que la persona que ama tiene cosas que no le gustan, que no es el ser perfecto que creyó en un primer momento, que no puede llenar todos sus anhelos y se desilusiona. Y en esa desilusión, enojado porque el otro resultó ser nada más que un ser humano, lo juzga con crueldad y, así como antes multiplicaba sus virtudes, ahora multiplica sus falencias; aunque mejor sería decir, lo que él cree que son sus falencias.

Desde el punto de vista emocional, lo primero que suele aparecer es un sentimiento de enojo, el deseo de terminar con la relación que no resultó ser lo que se esperaba y reaparece la sensación de vacío e incompletud.

Dichas estas cosas, daría la impresión que es mejor el momento de enamoramiento al de desilusión. Y puede que así sea, aunque ambos sean igualmente ilusorios. Pero lo cierto es que las dos etapas conllevan un peligro latente.

Enamoramiento y desilusión (dos momentos de cuidado)

El riesgo del enamoramiento es que la pareja se vaya a convivir en esta fase de la relación, y no es un peligro menor.

Hace un tiempo, una paciente me comentó que estaba pensando en irse a vivir con su novio, y como caí en la cuenta de que hacía muy poco que me hablaba de él, le pregunté cuánto tiempo hacía que estaban en pareja. "Dos meses y doce días", me respondió, y acentuó lo de los doce días. Y era esperable que lo hiciera ya que en las relaciones breves no se pueden regalar los momentos compartidos, porque aún carecen de historia. Entonces, cada segundo cuenta. De modo que no era lo mismo dos meses y doce días que si hubieran sido sólo dos meses. Y, después de decirme eso, soltó la frase esperable y fatal, aunque inevitable: "Pero pareciera que nos conociéramos de toda la vida".

Pero si esa paciente está entusiasmada, deseosa de concretar esa convivencia ¿por qué pensar que esa decisión es potencialmente peligrosa?

Porque la desilusión va a llegar tarde o temprano y los va a encontrar viviendo juntos. Entonces, ante las primeras discusiones, se van a ver ante la ridícula circunstancia de tener que decirle a alguien que conocen hace setenta y dos días: "vos ya no sos el de antes". ¿El de antes, cuándo? Si hace tres meses ni siquiera se conocían.

Pero dijimos que también la etapa de desilusión puede acarrear un peligro latente. ¿Y cuál es ese peligro? Interrumpir la relación sólo porque el otro resultó no ser perfecto. Tengamos en cuenta que si alguien fuera a pelearse cada vez que descubre que su pareja tiene alguna cosa que no le gusta, todo el mundo estaría solo. Y no es que la soledad esté mal. Por el contrario, hay veces que es elegida, deseada y entonces es lo mejor para ese sujeto en ese momento. Pero cuando es el efecto de la intolerancia a las diferencias, el asunto se vuelve patológico.

En los casos en los que la relación resiste los embates de la desilusión, se abre la posibilidad de pasar a una tercera etapa a la que sí podríamos llamar amor; una etapa en la cual vemos en el otro mucho de lo que nos enamoraba, aunque no todo, y también algunas de las cosas que no nos gustaban, aunque no todas. Y, si en esa captación del otro con virtudes y falencias aparece la sensación de que se está mejor con esa persona que sin ella, empieza a generarse una relación de otro orden de madurez y sustentabilidad. Porque aparece el deseo de estar juntos, ya no desde un ideal imposible, sino desde el reconocimiento de las diferencias subjetivas. Porque de eso se trata el amor sano. No de necesitar al otro, sino de desearlo. De saber que sin esa persona alguien podría vivir igual, pero que aun así, elige hacerlo con ella.

Hablábamos de la capacidad de elección; pues bien, estar o no con alguien tiene sentido, en tanto y en cuanto es una elección movida por el deseo y no una imposición de la necesidad.

El amor incondicional
(o el inicio de una tragedia)

Digamos entonces que para llegar al amor, siempre hay que luchar contra la desilusión, aunque cueste. Pero esto no implica que sea a cualquier precio.

Y para aclarar mejor por qué digo esto, volvamos a esa segunda etapa. Dijimos que para superarla, una persona debe aceptar que el otro tiene algunas cosas que no le gustan y que no la hacen feliz. Bueno, es ahí donde aparece el tema del costo.

Hay una palabra que suele acompañar la idea del amor y que tiene estatus de noble y desinteresada, pero no es así. Es la palabra *incondicional*.

La mayoría de las personas suelen ver en eso algo maravilloso. Y lo dicen así: "yo te quiero incondicionalmente" o "necesito que seas incondicional conmigo". Y lo cierto es que la incondicionalidad es una de las cosas que solemos encontrar en el núcleo de una relación enferma.

Porque la palabra incondicional quiere decir, ni más ni menos que "sin condiciones". Entonces, amar a alguien incondicionalmente implica amarlo sin ponerle ninguna condición. Es decir: amarlo aunque nos pegue, aunque nos engañe, aunque por estar con esa persona no podamos ver a nuestros hijos. Y yo me pregunto a qué persona medianamente sana esto le parece algo maravilloso.

Entonces, es cierto que la posibilidad de estar con alguien depende de aceptar algunas de esas cosas que el otro tiene y que no nos gustan, pero la condición para aceptarlas debería ser que al menos no nos lastimaran.

Pongo un ejemplo extremo. Si resultara que lo que a una mujer no le gusta de su pareja es que de vez en cuando bebe de más y cuando llega a su casa le hace una escena de celos y después la golpea, ¿creen que debería esforzarse por aceptar eso que le molesta? ¿Que debería quedarse a su lado incondicionalmente?

Seguramente compartirán conmigo que no. Lo que implica que no todas las relaciones superan la etapa de la desilusión. Esto es una obviedad, claro, de lo contrario todo el mundo se casaría con su primer amor. Y no suele ocurrir de esa manera.

Pero me anticipo a una objeción que podría aparecer a modo de disenso y es que más de uno podría decir que si alguien trata así de mal a una persona y la engaña, le pega o le falta el respeto es porque en realidad no la ama, con lo cual ya no estaríamos hablando de amor.

Ese argumento se basa en una idealización desmesurada del amor; en la creencia de que el amor es siempre algo bueno y maravilloso. Pero el amor, dijimos en el capítulo anterior, no es más que una emoción y, como tal, la experimenta y la vive una persona que puede ser más o menos sana psíquicamente. Y eso es fundamental, porque las personas sanas amarán de un modo sano y las personas enfermas, amarán de un modo enfermo.

En mi libro *Palabras cruzadas*, relato el caso de Luciana, una paciente joven que llegó a análisis con un gran padecimiento. Su novio le pegaba y ella decía que se lo merecía porque era mala.

Trabajamos mucho sobre este tema, cuestionamos de dónde venía esta creencia acerca de su maldad, de los maltratos que había sufrido a lo largo de su historia y, en un momento del análisis, llegó a la conclusión de que lo mejor para ella era dejarlo. Pero se angustiaba ante esa sola idea y me decía llorando: "Pero yo lo amo". A lo que yo acotaba: "¿Y eso qué tiene que ver?"

A veces, para poder alcanzar una relación sana en la cual se sienta bien, una persona debe dejar en el camino la tentación de quedarse en otras que lastiman. Lo cual no siempre es fácil. Porque no existen las elecciones casuales y, entonces, esa persona que me agrede y me humilla por algo está en mi vida. Hay un porqué en esa elección, y ese motivo oculto que lleva a alguien a elegir lo que le lastima, es el que intentamos develar en el análisis. Y aquí cobra un real sentido la frase de Nasio que citamos al final del primer capítulo: "En los asuntos del corazón (…) no elegimos sino lo impuesto y no queremos sino lo inevitable".

Cuando hablamos del Inconsciente Estructural adelantamos algo sobre esto, pero para profundizar más tendríamos que introducir el concepto de Pulsión de Muerte, cosa que haremos más adelante. Les pido que conserven esta idea hasta entonces.

Además, es la manera en que conviene leer este libro que, al tener su origen en las ideas del psicoanálisis, no escapa sino más bien que gusta, de ir cerrando las ideas con lecturas sucesivas aportadas por los elementos que nos dan nuevos conceptos, sabiendo que todo lo que ya creímos comprender, puede cambiar a la luz de lo que veremos más adelante.

Resignificar. No olviden esta palabra, porque alude a una de las herramientas más importantes del análisis.

Resignificar.

Interludio I

LA HISTERIA

> "¿A quién amo, a él o a ella? ¿Qué quiere decir que sea yo mujer? Tal las preguntas básicas de la Histeria."
>
> OSCAR MASOTTA

En uno de aquellos encuentros, antes de comenzar con el tema propuesto, una mujer que había asistido todos los sábados, me comentó que había caído en la cuenta de que siempre eran mucho más las mujeres presentes que los hombres y me preguntó si eso tenía que ver con que a los hombres no les importaba tratar la problemática emocional, en general, y de la pareja, en particular.

Si bien su comentario era veraz, yo ya había reparado en eso de la mayor concurrencia femenina; acordé con ella en que la posibilidad de preguntarse acerca de los vínculos emocionales y mostrarse sensible ante los temas afectivos requería de un cierto grado de feminización. Pero le aclaré que, por suerte, los hombres la habían ido adquiriendo en este último tiempo.

Y esto es así.

Cuando empecé con mi práctica clínica, de la gente que venía a consultarme, un ochenta por ciento eran mujeres. Hoy en cambio, diría que el porcentaje de hombres que se analizan no es menor al de mujeres.

El tiempo hace su trabajo en la cultura y hoy eso de que los hombres no lloran, ha quedado como un mito del pasado. Es más, no sólo lloran, sino cómo lo hacen. Y está muy bien. ¿Por qué no habrían de llorar, si también sufren, si también se enamoran, si también son abandonados? Y, por suerte, esta mayor sensibilización del hombre lo ha acercado a estos temas.

Es probable que a aquellos encuentros fuera un mayor porcentaje de mujeres, de hecho eso pasa cuando doy charlas en cualquier parte del país, pero no creo que sea porque a los hombres no les importen los temas afectivos en general y mucho menos los temas de pareja. En tren de ser sincero, casi no hablan de otra cosa. Es más, la mayoría de las veces que he visto llorar a un hombre, tanto en el consultorio como fuera de él, ha sido por cuestiones del amor.

Es posible, eso sí, que a muchos les dé pudor mostrarse vulnerable, pero les aseguro que a los hombres el tema les interesa y mucho; aunque a veces tengan una actitud más callada, menos beligerante o incluso más resignada con los problemas de pareja. Las mujeres, en cambio, suelen hacer escuchar más su voz, protestan cuando no tienen lo que quieren e insisten con lo que creen que desean, porque como ya dijimos, el deseo es siempre deseo de otra cosa. Pero en rigor de verdad, para ser precisos, más que de hombres y mujeres, deberíamos hablar de estructuras psíquicas, de la diferencia que hay entre la histeria y la neurosis obsesiva.

¿Todas las mujeres son histéricas y los hombres obsesivos?

No. Hay hombres histéricos y mujeres obsesivas, aunque clínicamente solemos hablar de "la histérica" y "el obsesivo".

Aclaro desde ya que no fue la intención de aquellos encuentros, ni es la de este libro, transmitir conceptos de psicopatología, pero como fueron muchas las consultas acerca de este tema, deduzco que éste genera algún interés, y a pesar de la aclaración hecha, algo podemos decir sobre esto. Y lo primero que diría es que ambas estructuras se posicionan de modo diferente ante el deseo.

La histeria lo busca, casi diría que lo persigue. Por eso, y porque el deseo aparece allí donde algo falta, la histérica hace foco en eso que falta y mira siempre lo que queda sin satisfacer.

¿Cómo funciona esto?

Me contaba un paciente que el día que llegó contento a su casa y le dijo a su esposa que ya había comprado los pasajes para el viaje a Europa que ella tanto deseaba, la mujer le respondió: "Bueno, sí... pero no tengo tapado para llevarme".

Entonces él, enojado y un poco angustiado, se preguntaba si es que ella siempre iba a querer algo más.

Y la respuesta es que sí, que siempre querrá algo más. Pero ¿por qué? Ya lo dijimos. Porque el deseo se desplaza todo el tiempo de un objeto a otro, de una situación a otra, y por ende nunca se va a satisfacer. Y eso es lo que la histeria denuncia: la imposibilidad de anular el deseo.

El obsesivo, en cambio, intenta tapar la falta para que no aparezca el deseo. ¿No tiene algo? Y bueno ¿qué se le va a ser? A lo mejor es porque no se lo merece, es su destino.

Pero esto no implica que no le importe el deseo. Claro que le importa. Por eso el tema de la pareja es conflictivo para todos, sin diferencia de géneros o de elecciones. Hombres, mujeres, heterosexuales, homosexuales, histéricas u obsesivos, todos tenemos que lidiar con lo que nos pasa con la pareja y el deseo.

Pero el obsesivo se posiciona frente a él de una manera diferente de como lo hace la histérica. Lo tira para adelante, lo posterga. Eso que tanto le molesta a las mujeres ¿no? Que el hombre le diga: "bueno, pero mejor esperemos hasta terminar de pagar la casa". Y, cuando la hipoteca está cancelada, habrá que esperar a que el hijo termine la facultad, aunque en la actualidad el chico tenga sólo tres años.

Repito que no es mi intención en este libro realizar un abordaje de la enfermedad psíquica, sino y únicamente, transitar el placer de pensar sobre algunas cuestiones que hacen al amor y al deseo. Pero, como ese camino nos lleva inevitablemente a la aparición de la Histeria y, aunque no sea éste el foro más indicado para plantear cuestiones clínicas, digamos algo al menos, con la salvedad de que apenas si nos arrimaremos a los bordes de esas problemáticas. Y para acercarnos, hagámonos una pregunta que parece obvia, pero no lo es: ¿Qué es la Histeria?

Porque la popularización de los términos técnicos y clínicos del psicoanálisis ha dado origen a muchas equivocaciones.

Digamos, pues, que se trata de una enfermedad muy antigua. Ya se la puede reconocer en el contenido de papiros de hace miles de años. Y agregaría, para los colegas que tienen la generosidad de leer este libro, que se trata también del intento de responder a una pregunta.

La Histeria ha sido una enfermedad muy maltratada y su estudio ha estado plagado de errores.

Tomando como punto de partida la noción griega (que permaneció inalterada hasta el siglo XVII) la histeria era considerada una enfermedad caracterizada por la presencia de fuertes ataques acompañados de algunos síntomas físicos.

¿Cuál era el origen de esta enfermedad?

En aquel momento se pensaba en un desorden uterino, de allí su nombre, ya que *hystera*, en griego, significa matriz, útero. Por ende, si es una enfermedad causada por el útero, se trataba de una enfermedad exclusivamente femenina. Mujeres en las cuales su útero influía de un modo negativo sobre su sistema nervioso. Un útero hiperexcitado que transmitía una condición morbosa a la enferma. De allí que se considerara muchas veces al embarazo como un tratamiento posible de la histeria. El embarazo le acomodaría el útero y podría curarla.

Un médico francés llamado Charles Lepois, fue el primero que la consideró como una enfermedad directa del sistema nervioso. Algo muy parecido a la epilepsia, y con esta concepción amplió mucho la manera de considerarla, porque si la separamos del útero, la enfermedad ya puede ser también masculina.

Sin duda, la histeria les presentaba muchos problemas a los médicos de la época, de allí que surgieran tantos intentos por explicarla.

Thomas Willis, un importante médico inglés que fue profesor en la universidad de Oxford, la compara y la relaciona con la hipocondría y dice que se trata de un desorden cerebral, una enfermedad mental con síntomas corporales. Thomas Sydenham, quien fuera llamado el Hipócrates inglés, avala esta postura y dice que se trata de la misma enfermedad, que cuando se da en mujeres se llama histeria y cuando, en cambio, se da en los hombres la llaman hipocondría.

Esta comparación la puede hacer porque el foco está puesto ya no en las crisis (desmayos o convulsiones) sino en los síntomas corporales (dolores de cabeza, taquicardia, perturbaciones digestivas, sensaciones de frío o calor). Es decir que el acento se pone en síntomas más pequeños que la Gran Crisis, pero más permanentes.

Pero esta nueva manera de pensar la histeria, a la vez que da un paso hacia adelante, produce un retroceso a la vieja noción de considerarla como una enfermedad femenina caracterizada entonces por tres cosas:

a) crisis,
b) síntomas corporales y
c) perturbaciones del carácter.

Además, este médico da una definición que será siniestra para las enfermas porque dice que la histeria *imita a cualquier enfermedad* y que *la histeria engaña*. De esto se toma un importante médico de apellido Morel para decir que la histérica es una mentirosa que engaña intencionalmente al médico y dice algo así como que no había que hacerles caso.

Pero decir que la histeria engaña, no es lo mismo que decir que la histérica engaña. Es la enfermedad la que engaña, no el enfermo. ¿Y a quién engaña? Al médico. Lo que Sydenham quiso decir es que es un cuadro que por su complejidad confunde al profesional, no que la histérica sea una mentirosa.

Sin embargo, esa idea ha hecho escuela y aún hoy en día muchos, ante un cuadro de sintomatología histérica, dicen: "dejala que no tiene nada... se hace, nomás".

Al principio fuimos los analistas los primeros en resistir esta conducta y luego se sumaron los psicólogos en general. Y hoy, por suerte, también lo hacen los médicos, ya que hemos comprendido la necesidad de trabajar juntos en pos del bienestar de los pacientes. Pero hace no tanto tiempo, esto no era así.

Recuerdo que estaba haciendo una pasantía para una materia de la facultad en un servicio de psicopatología de un hospital muy importante y una mañana viene un neurólogo con la ficha de una paciente, me la entrega y me dice: "se las derivo a ustedes porque no tiene nada".

Es decir que, para ese médico, si lo que afectaba a la paciente no salía en una tomografía, eso implicaba que la paciente no tenía nada. Que mentía, podríamos decir siguiendo el razonamiento de Morel. Sin embargo, esa mujer que para ese médico no tenía nada, sufría un cuadro de angustia extremo y no podía ni trabajar ni hacerse cargo de sus hijos.

Sé que todo esto que estamos hablando va más allá de la propuesta de este libro, pero quisiera agregar algo más, haciéndome cargo de que es una temática que me resulta apasionante. De hecho, el psicoanálisis nace a partir del estudio de la histeria. Por eso, permítanme que siga apenas algunos pasos más.

Jean-Pierre Falret, otro importante psiquiatra marsellés, sostuvo que las mujeres histéricas son fantásticas y caprichosas: que "pasan fácilmente del entusiasmo a la depresión, tienen una gran disposición a la contradicción, a la resistencia, un espíritu de duplicidad y de mentira que las lleva a exagerar todo teatralmente".

Esto, como imaginarán, hizo que los médicos ya no se ocuparan más de las histéricas y se las tomara por simples simuladoras y mentirosas. Pero, por suerte para las histéricas, llegarían Charcot, Breuer y Freud a darle un estatuto diferente. Sobre todo Freud, por supuesto, que postuló que la histeria no era una enfermedad neurológica, sino psíquica, que introdujo la noción de que las histéricas sufrían de reminiscencias, que la enfermedad tenía un mecanismo psíquico que la justificaba y estableció como condición de su aparición la existencia de un trauma de origen infantil primero y de una fantasía de contenido sexual, después. Pero ¿cómo funciona esto?

Angustia y sexualidad

Aprovechemos los conceptos de inconsciente y represión que hemos apenas bosquejado en capítulos anteriores y, para responder a esa pregunta voy a apoyarme en una escena de una película que seguramente la mayoría recordará y, a los que no la hayan visto, se las recomiendo calurosamente: *El príncipe de las mareas*, protagonizada por Nick Nolte (Tom Wingo) y Barbra Streisand (Susan Loweinstein) quien además la dirigió.

En esta película ella encarna el papel de una terapeuta que tiene una paciente que está internada y muy grave por un intento de suicidio. Y, con el afán de ayudarla llenando los huecos en su memoria, decide tener algunas charlas con su hermano para que le hable de la infancia de su paciente y, por ende de la de él mismo.

Como vemos, no estamos hablando de una psicoanalista, ya que dijimos que la realidad que le interesa al analista, es la realidad psíquica de su paciente y no tiene interés en los recuerdos o asociaciones que pudieran aportar otros desde afuera. Pero, independientemente de que Susan Lowenstein trabaje de un modo técnicamente diferente, lo complicado es que hará todo mal ya que, a partir de sus charlas con Tom irá de a poco habilitando un lugar terapéutico también para él en el que era el marco de su hermana y terminarán teniendo una relación amorosa.

Esto que digo apenas si es un señalamiento, dado que estamos hablando solamente de una ficción que puede, por ende, permitirse ciertas licencias artísticas. De hecho, el film es digno de ser visto por sus actuaciones y por la potencia de su historia.

Pero la escena que nos interesa es la siguiente:

Lowenstein le había preguntado a Tom acerca de una palabra que su hermana pronunciaba en su delirio y que para ella no tiene ningún sentido: Callenwolde. Él le responde que no sabe de qué le está hablando. Pero unas sesiones después le dice que quiere contarle algo. Hace un momento de silencio mientras recuerda. Su gesto va cambiando del humor casi maníaco que lo caracteriza a una profunda tristeza y le cuenta a la terapeuta un suceso que les ocurrió cuando eran niños.

Una noche en la que estaban junto a su hermana y su madre llegaron a la casa tres desconocidos. Irrumpieron de un modo violento y uno de ellos llevó a su hermana a un cuarto en tanto que otro hacía lo propio con su madre. Él escuchó y supo que las estaban violando.

La terapeuta le pregunta si él no hizo nada, si no corrió a buscar ayuda, si no intervino de alguna forma, y él le responde que no. ¿Por qué?, le pregunta. Él responde que no lo sabe.

Ella se da cuenta de que la tristeza ha mutado en angustia y le pregunta dónde estaba él en el momento en el que violaban a su hermana y a su madre, y Tom responde que no puede recordarlo. Entonces Lowenstein le cita que él dijo que los hombres que habían irrumpido en su casa eran tres; uno estaba con su hermana, otro con su madre, ¿dónde estaba el tercero?

Se hace un profundo silencio. El recuerdo pelea por abrirse paso y la represión por mantenerlo inconsciente. En ese instante una intervención de la terapeuta gira la llave: "Puedes decirlo... no hiciste nada malo".

Después de unos instantes, Tom confiesa que en ese momento el tercer hombre lo estaba violando a él. Que aún recuerda sus palabras: "me gusta la carne fresca", después de lo cual la mira y le dice asombrado: "yo no pensé que algo así le podría ocurrir a un niño".

En ese momento se escucharon unos disparos. Era el hermano mayor de Tom que había regresado y mató con su rifle a dos de los intrusos. El tercero fue apuñalado por la espalda por su madre con un cuchillo. Después de esto, entre todos limpiaron la sangre del piso y las paredes y, mientras lo hacían, la madre decía todo el tiempo: "esto no ocurrió... esto no ocurrió". Después les hizo prometer que jamás iban a hablar de lo sucedido, con nadie, ni siquiera con su padre, porque si no, ella no volvería a ser su mamá nunca más.

De modo que, cuando el padre volvió del trabajo, la cena estaba preparada y todos comieron como si no hubiera pasado nada. Esos hombres habían escapado de una prisión llamada "Callenwolde".

Después de narrar esa tremenda escena, Tom hace un prolongado silencio y le dice: "creo que el silencio dolió más que la violación".

Hasta aquí la escena que me interesa rescatar. Primero para mostrar cómo juega su papel la represión, cómo ese mecanismo de defensa produce que un hecho traumático, tremendo, difícil de soportar para la psiquis, quede *olvidado*, aunque sería más preciso decir, pase a formar parte de los contenidos inconscientes.

El director pone en la voz de la madre, lo que suele provenir de una voz interior e inconsciente: "esto no pasó".

Segundo, para ejemplificar cómo eso que ha sido reprimido insiste por ganarse un acceso a la consciencia de alguna forma. Aunque sea, como en este caso, una forma tan dramática que lleva a la persona a un intento de suicidio.

Tercero, para retomar aquello que decíamos acerca de que los recuerdos reprimidos vuelven disfrazados. En el film, el disfraz es "Callenwolde", esa palabra que la hermana de Tom repite sin saber qué significa y que luego él recordará que era el nombre de la prisión de la que habían escapado aquellos hombres.

Cuarto y principal, para señalar como *eso*, desde lo inconsciente tiene consecuencias y produce síntomas y dolor en el sujeto; y por último, rescatar la frase final de Tom: "… el silencio dolió más que la violación", es decir que la falta de palabras es lo que produce el daño mayor. Porque la imposibilidad de simbolizar, de darle un sentido a lo sucedido, es lo que enferma al sujeto.

¿Pero qué tiene que ver esto con la Histeria y las Obsesiones?

Podríamos intentar una explicación que tiene que ver con las primeras formulaciones del psicoanálisis, pero que servirá para aclarar un poco este tema y será más que suficiente para los límites que se fija este libro.

Para eso tenemos que saber que todo lo que nos pasa en la vida genera en la psiquis una representación y que la misma tiene una cantidad de energía que es la que le permite avanzar a la conciencia. Esa energía es como la nafta de un automóvil. Y, así como un auto sin nafta no puede moverse, de la misma manera un recuerdo sin energía queda olvidado.

Eso es lo que hace la represión, separa del recuerdo esa energía para impedir que recordemos los sucesos dolorosos y así, esas representaciones van a parar a lo inconsciente. Ahora bien ¿qué pasa con esa energía que ha quedado libre?

Hay diferentes posibilidades, cada una de las cuales determina una estructura distinta.

Volvamos a la película y supongamos que en ese momento en el que ese chico está siendo abusado y en el que su mente le dice que eso no puede estar pasando ("nunca pensé que algo así le podía ocurrir a un niño", "esto nunca pasó") la energía, bajo la forma de la angustia generada por la situación, fuera proyectada y puesta, por ejemplo, en el hecho de que la habitación está a oscuras y las puertas y ventanas están cerradas. Esa proyección de la angustia hacia algo externo es lo que daría lugar a una fobia. Ese sujeto tendrá luego un inexplicable miedo a los espacios cerrados y deberá dormir con la puerta abierta o con alguna luz encendida.

Si, en cambio, la angustia se dirigiera a algún dolor corporal, o a un desmayo, estaríamos en el territorio de la histeria, la cual por eso mismo se caracteriza por la fuerte pregnancia del síntoma en el cuerpo (dolores de cabeza, contracturas, etc.).

Si lo que se hiciera cargo de recibir esa energía ya no fuera algo externo ni el propio cuerpo, sino una idea sustituta ("esto sucede porque no cerramos la puerta con llave", por ejemplo) estaríamos ante una estructura obsesiva y ese sujeto tal vez deba comprobar diez veces por día si la puerta está bien cerrada, y volver a su casa luego de haber caminado dos cuadras para corroborar lo que ya sabe: que efectivamente la puerta estaba con llave.

Es decir que de acuerdo al modo en que es reutilizada esa energía, esa angustia —dirá Freud en un comienzo—, se diferenciarán la histeria, las fobias y las obsesiones. Y digo en un comienzo porque después la teoría se irá modificando con el paso del tiempo.

Pero, para concluir este interludio, no podemos dejar de lado los aportes de Lacan, quien las relacionará fuertemente con el tema de la identificación y cómo cada una de ellas se posiciona frente a su propio deseo.

Pero, como dice el refrán, mejor no seguir aclarando porque podría oscurecer. Sólo quise dejar en claro que, para el psicoanálisis, histérica no es esa mujer que nos lleva hasta su habitación y cuando está allí dice: "esperá, no sé qué estoy haciendo acá", sino que es algo mucho más difícil y doloroso.

Cuarto encuentro

LOS CELOS

> "Si los celos son señales de amor, es como la calentura en el hombre enfermo, que el tenerla es señal de tener vida, pero vida enferma y mal dispuesta."
>
> MIGUEL DE CERVANTES SAAVEDRA

¿A favor del amor?

En los capítulos anteriores hemos venido hablando sobre esa suerte de "prensa" extraordinaria a favor del amor. Y decíamos que no necesariamente el amor es algo bueno, dijimos que es una emoción, un afecto y que, como tal es algo que lo sienten las personas; que las personas sanas aman de un modo sano y las personas enfermas, de un modo enfermo. De manera que, cuando alguien es amado por una persona sana, el amor puede ser algo maravilloso, pero cuando es amado por un enfermo, el amor puede llegar a límites realmente peligrosos.

Todos hemos oído acerca de gente que mata a su novia o su marido porque éstos los han dejado de querer, o porque comprobaron o fantasearon alguna traición y después dicen: "Sí, es cierto, la maté, pero yo la amaba".

Entonces, me pregunto, metiéndonos ya en la temática del amor y de los celos: ¿Cuál es la relación que existe entre ambos? ¿Ustedes creen que son dos cosas indisociables y que necesariamente el que ama es celoso?

No hace mucho, en una charla una mujer me preguntó: "¿Se ama porque se cela o se cela porque se ama?"

Y fíjense cómo la pregunta que ella hace supone ya que hay algo indisociable entre el amor y los celos. Ya sea que se ame porque se cela o se cele porque se ama, no importa cuál es el huevo y cuál la gallina, pero aparecen como afectos inseparables. Pero la pregunta que se impone es: ¿Los celos son inevitables cuando alguien está enamorado?

Celos, envidia y posesión

Pareciera que la opinión general se vuelca en sentido afirmativo ante esta pregunta y sostiene que siempre algo de celos hay en una relación de pareja, que es una muestra de que el otro les importa y que no es posible no desear poseer a quien amamos. Pero, para pensar con claridad sobre esta problemática, sería indispensable empezar discriminando algunas cosas que suelen confundirse y colocando cada una de ellas en su lugar.

Es un hecho que los celos suelen confundirse con la posesión, y también con la envidia. Alguien nos habla de una persona y nos dice que es muy celosa, muy posesiva, porque tiene mucha envidia y en ese enunciado ya cruzó tres conceptos diferentes y los expresó como si todos fueran el mismo, y no es así. Entonces, me parece interesante diferenciar cada uno de ellos, porque si empezamos a pensar apoyados en conceptos erróneos, necesariamente llegaremos a conclusiones poco confiables.

Empecemos por diferenciar la envidia de los celos y digamos que la envidia es una relación que hace referencia al vínculo que se establece entre dos personas, en el cual una de ellas desea tener lo que la otra tiene. Pero ¿cuál es la característica primordial de este modo vincular? Que eso que el otro tiene, para el envidioso no tiene ningún valor. No se trata de que lo quiera por el atractivo del objeto. No, eso es lo de menos. Lo quiere solamente porque le molesta que lo tenga el otro, y el mejor ejemplo de esto lo podemos observar en el comportamiento de los niños.

Lleven dos golosinas exactamente iguales a dos chicos; denle una a cada uno y van a ver cómo es casi seguro que alguno de los dos va a protestar y a decir que quiere la que tiene el otro. "Pero ¿si son iguales?", tratarán de explicarle en vano. A lo que el chico responderá que no le importa, que igual quiere la que tiene el otro.

Ésta es, entonces, una relación entre dos personas, en la cual una de ellas no quiere que la otra tenga algo y la envidia por poseerlo. Pero el detalle diferencial, repito, es que ese algo puede no valer nada para él, como ocurre en el ejemplo de las golosinas; es decir que el envidioso quiere apoderarse de ese objeto y quitárselo al otro, no porque lo considere algo importante, sino solamente porque no quiere que lo tenga él.

Como ven, se trata de una relación altamente destructiva y enfermiza porque el único placer que brinda es el dolor del otro, la molestia del otro.

Ustedes saben que la envidia es considerada uno de los pecados capitales y yo agregaría que es el más enfermo de todos: no brinda más placer que ser testigos de la frustración del otro.

Piensen en los demás pecados. La gula, por ejemplo, tiene su costado disfrutable, la pereza, también, y ni hablar de otros, como la lujuria, que pide a gritos ser quitada de esa lista y ganar un lugar entre los placeres capitales.

Y es que hay una relación entre esos pecados y el deseo. Piensen qué cosas se prohíben en los mandamientos, por ejemplo, y si lo analizan a la luz de los deseos inconscientes más fuertes que tenemos, van a encontrar una importante relación entre unos y otros.

Pero la envidia... ¿Qué placer aporta? Ninguno, excepto la malsana satisfacción de destruir al otro, de que el otro lo pase mal. ¿Quién de nosotros no ha escuchado decir: "No quiero que tenga eso...., porque no" o "mirá, antes de dárselo prefiero tirarlo"?

Y en ese "prefiero tirarlo" aparece la demostración más clara de que en la envidia el objeto no tiene ninguna importancia, no vale nada, es capaz de tirarlo a la basura; pero que el otro lo tenga, eso sí que no.

Los celos, en cambio, están definidos por una relación triangular en la cual el temor que siente el celoso es que una persona, a la cual quiere mucho, le dé a algún otro lo que sólo debería darle a él. Aquí no sucede lo que ocurre en el caso de la envidia, donde el otro se guardaba la golosina para él, sino que se lo va a dar a otra persona en lugar de dárselo a él; se lo da otro porque lo quiere más y lo quiere más porque seguramente es mejor, porque vale más.

Como vemos, en este caso el objeto sí es algo valioso que puede ser dado a uno o a otro, y el celoso teme que le den a otro algo que él valora mucho y quiere para sí. En la envidia, el objeto (la golosina) no valía nada; en cambio en los celos, el objeto, sea el que fuere (el amor, la sexualidad, el puesto de trabajo) es muy importante para el sujeto. Por eso el celoso vive temiendo que su pareja, por ejemplo, se enamore de otro o se acueste con otro, porque ese amor y esa fidelidad sexual son algo muy valioso para él.

Remarquemos, entonces, las diferencias en la estructura de los celos y la de la envidia.

Decíamos que en los celos hay una relación triangular, hay también algo muy valorado y hay un temor enorme de que eso pueda ser dado a otro.

Generalmente, la persona celosa sufre mucho; vive en una eterna intranquilidad, está todo el tiempo pendiente y atemorizada ante la posibilidad de perder aquello que ama.

¿En cuál de las etapas que conducen a la construcción del amor queda ubicada la persona celosa?

Dijimos anteriormente que en la construcción de un amor hay tres momentos:

1. Enamoramiento.
2. Desilusión.
3. Aceptación de las diferencias y desarrollo del amor.

En el primer momento el amado es alguien maravilloso, no tiene defectos, nadie es mejor porque está terriblemente idealizado, casi endiosado. El amado se ve engrandecido en tanto que el enamorado se va empequeñeciendo hasta el punto tal de no poder entender, cómo alguien tan perfecto se ha fijado en él.

Por eso depende tanto de su objeto de amor, porque siente que lo completa, lo llena; en esta etapa el enamorado dice frases del tipo: "yo ya había perdido la esperanza de encontrar alguien como vos".

Dijimos también que era el tiempo de las ilusiones, en el sentido psicológico del término; es decir, pensada la ilusión como un trastorno de la percepción. Y rescatemos este concepto porque nos va a servir mucho para poder explicar algunos fenómenos que se dan en el sujeto celoso.

Bajo el influjo de estas ilusiones, el objeto de amor es percibido de un modo deformado, se lo ve más alto, sus ojos son más lindos, su voz es más dulce, incluso las actitudes son interpretadas de otra manera.

"No sabés lo dulce que es Roberto —me decía una paciente hablándome de un hombre con el que había comenzado a salir— me llamó a las cuatro de la mañana para ver cómo estaba y preguntarme si había llegado bien."

Pero, como aclaramos también, esto pasa y viene la desilusión; por eso siete meses después la misma paciente protestaba: "¿Me tiene que llamar a las cuatro de la madrugada; no sabe que mañana trabajo? O, ¿no confía en mí y me está vigilando?"

Nada dura para siempre.

Y este tipo de cosas se generan en ese segundo momento en el que comenzamos a percibir algunas imperfecciones en el ser amado, imperfecciones que ya existían, pero que el enamoramiento nos impedía percibir. Aparece algo del orden del defecto, de lo que no nos gusta tanto. ¿Y por qué aparece esto? Porque todo ese amor que dijimos se había volcado en el otro al punto tal de no querer hacer nada sin él, de no poder pensar en otra cosa que no sea él, es recuperado y vuelve al yo del enamorado.

Técnicamente diríamos que el yo recupera su *investidura libidinal* y que, entonces, ahora sí se puede pensar en otras cosas y actuar de un modo diferente.

Al principio el otro llamaba y el enamorado salía corriendo a su encuentro. En cambio, tiempo después, puede decir que ahora no, que está haciendo otra cosa, que va pasar después. ¿Por qué ahora puede esperar para verlo y antes no? Porque ha recuperado ese afecto que estaba volcado en su totalidad en el otro y empieza a aparecer el valor propio y vuelve a sentir que es alguien más allá de estar o no con el otro.

Pues bien, si se superan estas dos etapas, dijimos, accedemos a un tercer momento de la relación, que puede con suerte transformarse en un amor maduro, o al menos, en una pareja viable.

Eternamente enamorados… (no es tan bueno como parece)

Efectivamente hay personas que quedan capturadas en el enamoramiento, pero eso que parece ser una muy buena noticia, suele no serlo. Porque aunque pueda parecer algo maravilloso esto de ser amado de esa manera tan idealizada, de saber que la otra persona está siempre pendiente de nuestros deseos, es necesario poner el acento en lo difícil que puede llegar a ser para alguien tener que soportar el lugar del que siempre completa al otro, del que tiene todo lo que el otro necesita.

Me decía una paciente que le resultaba agobiante sentirse tan necesitada por su novio. Se quejaba de que él no podía hacer nada si ella no lo aprobaba, que le consultaba ante cada cosa y terminó esa sesión diciendo: "por favor, que baje un cambio… soy simplemente una mujer".

Fíjense que lo que estaba planteando en realidad es que la idealización extrema, sostenida todo el tiempo, le resultaba muy agobiante; y lo que esto marca es que cuando ese deslumbramiento inicial se prolonga más de lo debido, ya no es grato para ninguno de los dos.

Lo que ocurre es que hay quienes no están en condiciones psicológicas para emprender una relación sana y, entonces, cuando se les termina la novela rosa, se les termina el amor. Porque, en definitiva, la relación de amor tiene que ver con eso de poder discriminar lo que el otro tiene para dar, de lo que no tiene; y es más, a lo mejor lo tiene pero no lo quiere dar, y es su derecho.

Por eso se hace necesaria una cuota de madurez para tener ese respeto por la voluntad del otro e intentar ser feliz a pesar de esto que no puede o no quiere dar.

Cuando alguien no es respetuoso de esta dinámica, la relación se vuelve patológica. ¿Por qué? Porque va a buscar de cualquier modo lo que no obtiene y va a atormentar al otro, lo va a presionar y esto va a hacer que su pareja se sienta mal, cuestionada y exigida todo el tiempo.

Ahora utilicemos todo esto que estuvimos viendo y apliquémoslo a los celos. Recuerdo algunos versos de un poema de Eliseo Jiménez, que se llama, justamente, "Celos", y me parece que pueden servir para graficar lo que siente el sujeto celoso. Dice el poema en una de sus partes: "Tú sabes que en los ojos de los hombres / hay miradas impuras".

Pues bien, el celoso es antes que nada un sujeto que vive con la sensación de estar permanentemente en peligro; torturado por el temor de que venga otro a robarle lo que ama, y entonces, fíjense cuando dice, "en los ojos de los hombres hay miradas impuras", podríamos preguntar ¿de qué hombres? Y la respuesta es: de todos los hombres. Por eso, cada vez que su pareja sale a la calle o va a hacer alguna compra, el celoso teme que los otros (hombres en este caso) le vayan a dirigir miradas impuras, y esto se vuelve un tormento.

Otro verso dice: "Cuando te envuelve una mirada de esas,/ y sientes que resbala por tu cuerpo / ¿qué es lo que piensas? di, ¿qué es lo que piensas?"

Y está muy bien la repetición de la pregunta, porque así le sucede en realidad, ya que es lo que le pasa en la cabeza todo el día: "¿Qué estás pensando? ¿De quién te acordaste?"

El celoso vive abrumado por esos cuestionamientos que dirige, a veces en silencio, a su pareja: ¿qué es lo que piensa, qué es lo que mira, qué es lo que siente? Tiene la necesidad de tener bajo control todos los aspectos de la persona que quiere, por el temor a que se vaya con alguien mejor. Como decíamos al comienzo del encuentro, de que le dé a otro lo que él quiere para sí.

Si ustedes leyeran todo el poema, se darían cuenta de que a ese hombre en realidad, no le alcanza con nada. Ni la sonrisa, ni el cuerpo, ni la mirada que se le entrega a él. Es como si quisiera tener hasta la exclusividad de su pensamiento y aún más. Querría tenerlo todo.

Pero, recordemos algo que dijimos en el primer encuentro: todo no se puede.

Y ésta es la tortura del celoso; o la celosa. Que no le alcanza con nada, porque lo que busca es otra cosa; lo que busca no se lo puede dar la persona que ama porque siempre querrá más. ¿Recuerdan lo del deseo que se desplaza permanentemente?

Bien, así actúa la dinámica de los celos: si le da su cuerpo, quiere su amor, si le da su amor, quiere sus pensamientos, si le da sus pensamientos, querrá también sus recuerdos y seguirá, hasta que en algún momento, la pareja no va a poder darle todo, porque lo que está pidiendo es otra cosa. Algo que ni él mismo sabe qué es. Para encontrar una respuesta a esos interrogantes, entre otras cosas, está el psicoanálisis.

Pero me gustaría compartir con ustedes otra poesía, que esta vez sí la voy a presentar en su totalidad, porque es un regalo que quiero hacerles. Es una de mis preferidas. Se llama "El amenazado", es de Jorge Luis Borges y está en su libro *El oro de los tigres*. Dice así:

> Es el amor. Tendré que ocultarme o que huir.
> Crecen los muros de su cárcel, como en un sueño atroz.
> La hermosa máscara ha cambiado,
> pero como siempre es la única.
> ¿De qué me servirán mis talismanes:
> el ejercicio de las letras,
> la vaga erudición, el aprendizaje de las palabras
> que usó el áspero Norte para
> cantar sus mares y sus espadas,
> la serena amistad, las galerías de la biblioteca,
> las cosas comunes,
> los hábitos, el joven amor de mi madre,
> la sombra militar de mis muertos,
> la noche intemporal, el sabor del sueño?
> Estar contigo o no estar contigo es
> la medida de mi tiempo.
> Ya el cántaro se quiebra sobre la fuente, ya el hombre se
> levanta a la voz del ave, ya se han oscurecido
> los que miran por las ventanas, pero la sombra
> no ha traído la paz.

> *Es, ya lo sé, el amor: la ansiedad y el alivio*
> *de oír tu voz, la espera y la memoria,*
> *el horror de vivir en lo sucesivo.*
> *Es el amor con sus mitologías,*
> *con sus pequeñas magias inútiles.*
> *Hay una esquina por la que no me atrevo a pasar.*
> *Ya los ejércitos me cercan, las hordas.*
> *(Esta habitación es irreal; ella no la ha visto.)*
> *El nombre de una mujer me delata.*
> *Me duele una mujer en todo el cuerpo.*

Como verán, esta poesía tiene un lenguaje mucho más lunar que la anterior, pero de todas maneras, aparecen también estas cuestiones que venimos trabajando. Por ejemplo, cuando habla de "el horror de vivir en lo sucesivo", lo que está diciendo es que el tiempo va a seguir pasando y, probablemente, él quisiera detenerlo ahora, porque está con ella y no quiere que nada cambie esto.

Recuerdo un verso de una canción francesa que dice: "deberíamos morir cuando estamos siendo felices", y Borges lo dice de esta manera: "el horror de vivir en lo sucesivo". Como si alguien pudiera decir: "basta para mí, aquí me quiero quedar", que es lo que ocurre en los momentos de felicidad; el deseo de eternizar ese momento, pero como a esta altura ya sabemos, todo no se puede.

Pero veamos dos cosas más que aparecen en el poema de Borges. Una de ellas es esa frase que dice: "estar contigo o no estar contigo es la medida de mi tiempo". Es decir que la presencia o ausencia del amado marca el tiempo, el ritmo del deseo del enamorado. Como si el pulso de la vida misma dependiera de esa presencia o ausencia.

Y una línea más que me parece maravillosa, es ésta: "el nombre de una mujer me delata, me duele, una mujer en todo el cuerpo".

Porque aquí hizo su aparición la idea del dolor; que es algo inseparable del amor. Y es una genialidad de Borges el modo en el que dice que desde este lugar sólo se puede sufrir. Ésta es la trampa en la que a veces nos hace caer el amor. Por eso el poema se llama "El amenazado".

Dice Freud que nunca estamos menos protegidos contra el dolor que cuando amamos. Porque es imposible no ser un enamorado en peligro ya que, todo el que ama, corre un riesgo.

El celoso, y llegamos por fin a una primera definición, es aquel al que ese riesgo se le vuelve una tortura.

¿Los celos son una forma de demostrar amor? (el que no cela no ama… pero el que cela es un gil)

Hay una canción popular que dice: "el que cela molesta, pero el que no, irrita". Es decir que, en definitiva, algo se tendría que celar porque es una manera de demostrar que se quiere; porque si no se cela ni un poco es como si no se amara.

Estimo que esta idea ronda en la cabeza de no pocas personas, pero pienso que la frase es falaz porque parte de un supuesto erróneo.

Veamos: dice que el que cela molesta pero el que no, irrita. Así formulada, la frase es un axioma; es decir, una verdad que hay que aceptar y dar por verdadera sin cuestionarla. Pero resistamos esa trampa y analicémosla un poco a ver qué pasa.

En primer lugar, eso de que el que cela molesta es al menos dudoso, dependerá de quién estemos hablando. Porque a algunas personas les encanta que las celen, que les estén encima. Porque si no, es como si no recibieran el reconocimiento del otro.

Recuerdo una paciente muy enojada que hablando de su marido protestaba: "Claro... salgo toda arreglada y él no es capaz de preguntarme adónde voy. ¿Ves que ya no le gusto? ¿Qué ya no le importa si yo me voy con otro?".

Y la pareja, que a lo mejor pensó que estaba muy linda pero no dijo nada para que no le cayera mal, para que no se sintiera perseguida, termina teniendo que dar explicaciones.

Es cierto que hay quienes, como esa paciente, se irritan si no son celadas; pero eso es porque confunden los celos con el amor, porque no tienen incorporada la importancia que en la pareja juegan la confianza y la libertad. Pero hay que tener cuidado con no llevar también esto a una máxima errónea.

Otra canción dice en una de sus estrofas: "Si amas a un pájaro déjalo libre; si vuelve a ti es tuyo, sino nunca lo fue".

Por supuesto que no es del todo lícito analizar una frase que tiene aspiración poética desde una mirada científica o psicológica. Pero utilicémosla solamente como un disparador de ideas y veremos que, como la anterior, esta frase también es falaz. A lo cual el autor tiene derecho, porque es una canción y no un postulado científico. Pero decir: "dejala que se vaya que si es tuya va a volver y, si no lo hace, es que nunca lo fue", es creer que las cosas son eternas y no pueden perderse, y no es así como funciona el mundo.

Muchas veces ocurre que hay personas que nos han amado de verdad, que metafóricamente podríamos decir que *fueron nuestras*, y que sin embargo se han ido de nuestra vida para siempre, y eso no quiere decir que en su momento no haya sido un amor auténtico. Lo que quiero decir es que las situaciones pueden cambiar y, sobre todo, que las cosas se pueden perder. Y remarco esto porque es algo que suele olvidarse en una relación, sobre todo cuando es duradera. Más de un paciente me ha dicho: "Yo pensé que estaba todo seguro, todo tranquilo. Y no. Claro, ahora me doy cuenta de que la tendría que haber seguido seduciendo, que debería haberla cuidado más…".

Y es muy interesante esta idea de que lo que se tiene se puede perder. Porque plantea la inexistencia de la certeza en el amor.

Pero en definitiva, los celos ¿son o no son una manifestación del amor?

Para responder a esto retomemos la idea de las tres etapas en la construcción del amor, a ver si podemos establecer en qué punto de este recorrido que hemos planteado está el celoso.

Veamos, decimos que el otro es la razón de su vida, que sólo tiene pensamientos para él y que lo ve idealizado. Evidentemente estamos hablando del lugar que alguien ocupa durante la etapa del enamoramiento.

Pero digamos que, en las personas celosas, el amor se comporta como si no pasara nunca por la etapa de desilusión y, por ende, jamás llegan a construir un amor maduro, ya que se quedan cristalizadas en el plano del enamoramiento. El otro siempre permanece idealizado, es el que vale, el objeto adorado al que se teme perder.

Los celos son, antes que nada, un modo enfermo de relacionarse. Un indicador de inseguridad y algo con lo cual hay que tener cuidado, porque de ningún modo señalan la presencia de un gran amor por el otro, sino una falta de amor por uno mismo.

La persona celosa no sale nunca de este lugar donde el otro es el importante y, con su amor desmesurado, condena a su pareja a la angustia permanente, porque no importa cuánto ésta le dé, el celoso nunca va estar tranquilo, porque el problema no es con el otro sino con él mismo.

La supuesta desconfianza en su pareja no es más que una proyección de la falta de confianza que tiene en sí mismo. Por usar un término frecuente, digamos que se trata de un problema de autoestima, aunque sería más preciso decir que hubo algo durante el desarrollo de la psiquis de esa persona que lo ha dejado con una fuerte sensación de desprotección.

Pero ¿por qué se da esta falencia, con qué tiene que ver?

Para explicar eso digamos que no nacemos con una personalidad, sino que ésta se construye a lo largo del tiempo y a partir de la interrelación del chico con su entorno, especialmente con sus padres. Y que es a partir de este contacto que va desarrollando un carácter y encontrando una identidad propia.

Si ustedes le preguntaran a un chico de dos o tres años ¿de quién es este juguete? Les respondería: del nene. No diría: es mío. Porque él aún no es él. No tiene algo en lo que se reconozca y habla de sí mismo en tercera persona. Sólo más adelante esta identidad, esta personalidad, se irá construyendo hasta que pueda decir: Mío.

Pues bien, a ese momento del desarrollo en el que se produce ese cambio psíquico que le permite a alguien reconocer un yo propio y diferenciado del resto, es al que los analistas denominamos Narcisismo y, generalmente, es allí donde puede encontrarse el origen de este tipo de inseguridades personales.

Pero en definitiva ¿qué es lo que el celoso espera de su pareja? (ni siquiera él lo sabe)

Lo que el celoso va a intentar es que el otro calme una falta que es de él. Pero no lo va a poder lograr nunca. Por eso lo peor que se puede hacer por una persona celosa es darle el gusto. Si ustedes quieren hacer algo para ayudarlo no le den el gusto. Y permítanme poner un ejemplo.

Imaginen que una mujer se levanta a la mañana para ir a trabajar y su pareja la mira y le dice:

—¿Te vas así vestida al trabajo?

—Sí —contesta ella—, ¿por qué?

—No, nada... es que das ordinaria... demasiado provocativa, pero qué sé yo, si a vos te gusta.

Pues bien, les aseguro que si esa persona va, se cambia, se ponen un pantalón ancho o un jogging, después va a ser:

—Pero, cómo... ¿vos no llegabas a la seis?

—Sí.

—¿Y qué te pasó?, ya son las seis y cuarto.

Y luego será:

—No, ¿cómo que te vas a quedar a estudiar en casa de tus compañeros? Mejor vengan a estudiar acá.

O si no:

—No te quedes a dormir, yo te voy a buscar, yo te llevo, yo te traigo...

No hay que ejemplificar mucho más para comprender que esta situación, más tarde o más temprano, va a resultar asfixiante. Y, además, no acabará nunca, porque siempre va a querer algo más, porque en realidad lo que está pidiendo es otra cosa, algo que ni él mismo sabe qué es.

En cambio, si cuando esa mujer sale con la minifalda y él le pregunta: "¿Te vas así?", ella respondiera: "Sí, me voy así", allí es cuando, quizá, lo esté ayudando. ¿Por qué?

Porque es probable que al no obtener lo que está pidiendo se angustie y, a lo mejor, esa angustia lo va a llevar a buscar algo para resolverla. Un análisis, por ejemplo.

Porque una cosa es que su calma venga de afuera, que dependa de que otro haga lo que él quiere, y otra es ir a ver a un profesional y consultar porque siente que la mujer se viste de un modo provocativo y eso lo afecta. Allí sí se abre un espacio para un cuestionamiento personal: ¿qué le pasa con esto de que su mujer no haga lo que él espera, por qué se angustia tanto? Dicho de otro modo, si no viene otro a aliviar su dolor desde afuera se abre la posibilidad de buscar una solución desde adentro, lo cual puede conducirnos a la búsqueda del origen real del conflicto, que tendrá que ver con el propio sujeto y no con su pareja.

Celos enfermizos
(¿existen otros?)

No podemos desconocer que también hay personas a las que les gusta alimentar los celos, que actúan siempre como si fueran a transgredir para intranquilizar a su pareja, y tienen actitudes sospechosas cuando en realidad no están pensando en hacer nada con nadie. Bien, esos sujetos también generan relaciones sufrientes.

Pero, además, podemos diferenciar los celos patológicos de los que estamos hablando, de aquellos que surgen de situaciones que pueden ser generadoras de celos. Entonces, si alguien le dice a su novio que necesita hablar con su ex pareja para arreglar algunas cosas que quedaron pendientes, y para hacerlo ha decidido irse con él una semana a una cabaña en las sierras, obviamente se entendería el malestar de su pareja. Pero en cambio, si lo que lo pone mal es que su novia tenga que encontrarse con el padre de sus hijos porque tienen que acordar algunas cosas que involucran a los chicos, ésa ya es otra historia.

Por eso, hay que tener en claro cuándo el estímulo viene de afuera y es tan fuerte que puede conmover aun a una persona que confía en sí misma, de cuándo la inseguridad es interior y lo que hace el sujeto es buscar excusas afuera para dar salida a sus sentimientos de frustración.

¿Es posible que la actitud demandante tenga que ver con que el otro no esté atento a nuestras necesidades?

Éste es un argumento que debemos considerar con mucho cuidado, porque en esto de que el otro no esté atento a lo que necesitamos también puede haber una falacia. Convengamos que nadie tiene por qué adivinar lo que su pareja desea.

Recuerdo que, hace un par de sesiones, un paciente llegó muy enojado y me dijo que se sentía mal porque hacía dos días que no le hablaba a su mujer. Le pregunté qué había ocurrido y me dijo que pasó el fin de semana y ella no le había dicho nada acerca de un tema que para él era muy importante. Se cumplían dos años de su recibimiento como médico, algo que le había costado mucho esfuerzo porque proviene de una familia muy humilde, y esperaba algún gesto, una cena, lo que fuera: y ella ni siquiera se acordó.

Después de un silencio, le pregunté cuál era la fecha en la que su esposa, que es pianista, había recibido de regalo su primer piano. Me dijo que no lo sabía. Le inquirí, entonces, si en todos estos años que llevaban juntos, él jamás la había saludado en el aniversario de un hecho tan trascendente para ella. El paciente se quedó en silencio. Pero entendió a dónde apuntaba mi intervención.

Creer que quien está a nuestro lado tiene la obligación de conocer la importancia que cada cosa tiene para nosotros, de adivinar lo que pasa por nuestra cabeza, es ponerse un poco en el lugar de ser el centro del universo. Es mucho más auténtico poner en juego el deseo y hacerlo saber. Invitar a alguien a cenar, si ése es nuestro anhelo, en lugar de quedarse esperando que el otro intuya ese deseo. No siempre esto es más sencillo. Para algunas personas, esta actitud puede llegar incluso a ser más difícil; pero vale el esfuerzo, porque siempre es mucho más sano reconocer y poner en juego lo que se desea a esperar que, mágicamente, desde afuera llegue la actitud que lo satisfaga.

Las acusaciones del celoso
(un rasgo de inmadurez)

Una de las características más comunes en las personas celosas es la facilidad con la que generan situaciones de reproches y peleas.

Me contó una paciente que su esposo le hizo una escena al volver de un paseo porque un hombre no dejaba de mirarla. Y se preguntaba qué culpa tenía ella de que alguien la hubiera mirado.

Muchas veces, en situaciones como ésas suele haber una acusación velada. Probablemente su esposo pensara que el hombre la miró porque ella se puso ropa provocativa, o porque lo miró primero. Vaya uno a saber. Pero la imputación silenciosa es que ella había generado esa mirada que a él tanto lo molestó.

Pero hay otras situaciones que son aún más ilógicas, aunque bastante habituales. Por ejemplo, una persona va al supermercado y resulta ser que se encuentra con alguien con quien salió hace quince años, y la pareja se enoja.

—Pero, si yo no hice nada. Sólo vine a comprar —alega la imputada en su defensa. Pero no hay caso, de nada le sirve.

—Dejémoslo acá —responde el otro enojado.

—¿Pero qué hice; qué culpa tengo yo de que mi ex haya ido a comprar al mismo supermercado?

No hizo nada de malo, pero de todos modos, su pareja se enoja con ella. Bueno, ése es un rasgo de inmadurez. Lo cual no le quita responsabilidad ni a uno ni al otro. Al celoso por no hacer nada para encontrar el porqué de su actitud, y al celado porque debe hacerse cargo de haber elegido a una persona con ese comportamiento y, más aún, por continuar en una relación que le hace daño tolerando este tipo de actitudes.

¿Los celos siempre tienen que ver con la pareja? (el tercero en discordia)

Los celos, como dijimos, ponen en juego una manera particular de relacionarse con otro y no se circunscriben solamente al ámbito de la pareja. De modo que podemos hablar de celos entre hermanos, por cuestiones laborales o entre amigos, algo muy común sobre todo en la época de la adolescencia. Aunque sería más preciso decir que toda relación es susceptible de verse afectada por los celos.

Supongo que la mayoría ha visto *Amadeus*, la maravillosa película de Milos Forman. *Amadeus* trata de la relación particular entre Salieri y Mozart. Debo aclarar que es sólo una ficción y que no hay que darle un valor documental, ya que Salieri fue un músico extraordinario cuya obra les recomiendo escuchar y, de ningún modo, ese hombre torpe y desprovisto de talento que presenta el film. Tampoco es cierto que odió a Mozart de esa manera. Pero vayamos a la película.

Salieri es un hombre que ha dedicado su vida a tratar de hacer una música que glorifique a

Dios, una música que sea digna de lo celestial, y un día descubre la música de Mozart y comprende que a ese hombre le fue dada una genialidad de la que él carece. Pero al conocerlo comprueba que se trata, además, de un sujeto muy particular; alguien inmaduro y casi grotesco. Un compositor sutil y sublime en el cuerpo de un hombre totalmente ordinario. Y a Salieri eso le parece tan injusto que reniega de Dios y dedica su vida a perjudicar a Mozart.

Ahora, teniendo en cuenta lo que acabamos de esbozar, ¿de qué afecto se trata?, ¿envidia o celos?

Creo que podríamos pensarlo como celos si, en lugar de quedar atrapados por el vínculo entre Salieri y Mozart, nos detenemos a analizar la relación de Salieri con Dios. Es allí donde se da la situación de celos. Porque Salieri ama a Dios y Dios tiene algo que él desea para sí: la posibilidad de elegir a quién le da el talento; y decide dárselo a otro que no es él, o sea a Mozart.

Allí el esquema es tal cual lo describimos para los celos: Salieri teme que Dios le dé a otro lo que tendría que haberle dado a él. Y en este caso, además, después comprueba que su temor era fundado.

Pero la relación es entre Salieri y Dios; Mozart es el tercero en cuestión, nada más. Y nada menos. Porque Salieri es capaz de destruirlo con tal de que no disfrute de lo que él consideraba que debía pertenecerle. Y esto es muy común que ocurra. Si no piensen en las veces que alguien enfrenta enojado al tercero proyectando sobre él la frustración que le genera que su objeto de amor lo haya elegido en su lugar.

¿Basta con conocerse para evitar los celos? (no es tan fácil...)

Es muy común que no todo el mundo tenga un conocimiento de dónde le aprieta el zapato, pero aun si fuera así, es probable que no le alcance con eso para manejar de un modo sano algunas de las cosas que le pasan.

En el ejemplo que acabamos de dar, Salieri tiene ese conocimiento; sabe lo que le pasa, él quiere ser el compositor elegido por Dios, desea el talento, estudió y se comprometió con su sueño, intentó ser cada vez mejor, incluso abrazó la castidad, y ahora está enojado, dolido. Y todo esto lo ve con una claridad asombrosa; como si hubiera hecho veinte años de análisis. Aunque es de esperar que si hubiera hecho veinte años de análisis hubiera hecho con su angustia algo diferente. Pero lo que quiero decir es que a veces, alguien sabe qué es lo que le ocurre, pero no sabe qué hacer con eso, ni cómo comportarse para que lo que le pasa no lo invada de una manera destructiva.

Por eso, en un análisis no se trata sólo de conocimiento, en el sentido de información, sino de un saber de otro orden que se obtiene luego de recorrer un camino cuya intención es el develamiento de una verdad y cuyo precio, a veces, es el dolor.

Un sentimiento trágico
(o la envidia por la vida de la vaca)

Muchos pacientes en algún momento difícil de su vida, ante un abandono o una pérdida, me manifestaron que se sentían vacíos, que los angustiaba saber que alguien a quien amaban podía necesitar más de ellos y que, a pesar de todo el esfuerzo, no tenían más para dar.

Ésta no es una mera queja, sino que es un decir que alude a un aspecto profundo y trascendente; a eso que Don Miguel de Unamuno llamó "el sentimiento trágico de la vida", es decir, esa sensación de que no vamos a poderlo todo, partiendo del hecho de que nos vamos a morir.

Nietzsche decía algo así como que él sentía envidia por la vaca, que andaba por allí pastando tranquilamente sin tener culpa por lo que había hecho en el pasado ni temor por la muerte que le esperaba en el futuro. Los hombres no tenemos esa suerte.

En ese sentido, el sentimiento trágico de la vida parte de que somos una especie, la única, que es consciente de su propia finitud. Todos sabemos que nos vamos a morir, que lo que amamos se va a morir y que aquellos a quienes amamos también se van a morir, y en este sentido aparece esta demanda de amor infinita que tiene que ver con buscar algo que calme esa angustia y que nos garantice que no vamos a estar en falta de amor.

De allí viene, digo esto con mucho respeto e intentando no herir la susceptibilidad de nadie, pero de allí surge la ilusión planteada por las religiones. ¿Qué dice la religión? "Cálmense, que hay alguien que es superior a la vida y la muerte y que los va a amar a todos por igual y por toda la eternidad".

Yo no sé si Dios existe o no y no me corresponde entrar en ese tema, cada quien con su creencia. No es algo sobre lo cual un analista tenga que hablar. Pero me permito pensar acerca del tema desde un punto de vista psicológico y no teológico.

Siempre he sido muy respetuoso con esto y, tal vez por eso, en aquellos encuentros de sábados a la mañana, era común ver a una "hermana" de la comunidad católica que nos acompañaba casi todos los sábados. La hermana Luján.

Recuerdo que una mañana lluviosa y fría, de esas que le hicieron decir a un amigo que París había surgido para ser solamente una profecía de Buenos Aires, estábamos hablando de este tema y ella, con mucho respeto me preguntó si podía ser que los que tenían fe sufrían un poco menos.

Yo le respondí que estaba convencido de que era así. Porque esa fe, de alguna manera, los resguarda, les garantiza que más allá de las injusticias y de las pérdidas, todos nos reencontraremos algún día y que hay alguien, un Padre, que como decía el Cristo "nos ama a todos por igual".

Éste es el sueño que propone la religión. En ese sentido, Cristo encontró una llave que podría contener la angustia del ser humano; lo que no pudo encontrar es la otra llave, aquella que nos convirtiera a todos en cristianos, que permitiera que todos aceptáramos eso que dijo.

Pero esa necesidad de amor y de seguridad tiene que ver con la sensación de que hay algo, un vacío, una falta que necesitamos llenar de alguna forma y es allí donde aparece este deseo de ser amado para siempre, de sentir que lo que amamos no se va a morir y que el amor no se va a terminar jamás.

Pero ésa no es la realidad de nuestra vida. Al menos aquí.

A lo mejor los que tienen fe tengan razón y después sea distinto, pero la parte que aquí nos toca, mientras transcurre nuestra vida terrenal, es asumir que siempre vamos a tener que convivir con una falta estructural, con un dejo angustioso, una disconformidad existencial que, cuando alguien enferma psicológicamente, la vuelca de un modo nocivo y se vuelve agresivo, posesivo, celoso o destructivo. En el fondo, todas esas reacciones no son más que una manera equivocada de intentar lo imposible: llenar esos huecos, esa falta.

Por suerte también están los otros, los que reconocen ese dolor con el que van a tener que convivir por el hecho mismo de ser humanos y lo llevan con dignidad. Borges, ya citado muchas veces en este libro, ante la pregunta de un periodista acerca de si era feliz, dijo algo así como que si en todos los idiomas se habían tomado el trabajo de inventar la palabra, eso quería decir que seguramente algo parecido a la felicidad existiría, pero que él era apenas un hombre. ¿Cómo podía, entonces, ser feliz?

Comparto este pensamiento borgeano haciendo la salvedad de que, por supuesto, me estoy refiriendo a una felicidad plena y total, a la completud absoluta, ya que a pesar de todo lo dicho, por suerte, siempre nos la ingeniaremos para tener algunas alegrías.

¿Pueden ser los cambios el origen de los celos? (apostar a la reinvención)

No hace mucho, durante una sesión, una paciente había estado hablando acerca de que los celos eran un problema en su pareja y me dijo que pensaba que era porque les costaba aceptar los cambios y que eso los terminaba confundiendo y hacía que se sintieran inseguros el uno del otro.
"Pero en realidad —me dijo textualmente— no es que mi marido ya no me ame, sino que ha cambiado. Estamos en pareja hace veinte años, hemos pasado por muchísimas etapas y tengo que aceptar que es inevitable que hayamos cambiado, ¿no?"
Cambiar es algo inevitable y no es posible vivir sin modificarse en algún punto. Pero hay quienes, como mi paciente hasta entonces, se aferran a lo establecido y les cuesta moverse al ritmo de su propia vida. Por eso causa gracia cuando alguien después de veinte años dice: "Vos ya no sos el de antes". Pero ¿qué es lo que esas personas pretenden? ¿Que alguien conserve la ingenuidad, los

gustos o sostenga las travesuras de cuando tenía trece años?

Discépolo escribió aquello de: "Si yo pudiera como ayer creer sin presentir". Y ése es un amor típico de la adolescencia o de la muy temprana juventud. Esto de querer sin presentimientos. Un adulto ya no puede. Ha vivido muchas desilusiones, quizá lo hayan engañado y, probablemente, él haya hecho otro tanto. La vida lo ha marcado y, a fuerza de pérdidas, de dificultades, aprendimos que aunque alguien se esfuerce y haga todo lo posible, muchas veces las cosas no salen como lo deseamos. Y en ese contexto ¿cómo no tener presentimientos?

Claro que el enamorado digno apuesta a lo grande, pero esa apuesta no toma el rostro del optimismo, que es a mi entender una actitud de modesta inteligencia. Tanto como el pesimismo, ya que creer que siempre las cosas van a salir bien es tan obtuso como pensar que siempre van a salir mal.

He notado que a muchas personas les gusta esa frase que dice algo así como que hay que mirar el vaso medio lleno en lugar de verlo medio vacío. En realidad el vaso está lleno hasta la mitad. Con una parte que tiene y otra que le falta, y así es como lo mira el hombre que, parafraseo a Hermann Hesse, no tiene más ganas de mentirse a sí mismo.

Entonces, cuando en ese devenir constante de la vida uno de los miembros de la pareja va cambiando y el otro no acompaña ese cambio, la pareja entra en crisis porque, justamente, la "sociedad de dos" que se sostiene en el tiempo es aquella que se va reinventando, que puede consensuar nuevos pactos, que produce acomodamientos a estos cambios sucesivos que se van produciendo tanto en uno como en el otro.

Toda relación humana se construye sobre la base de acuerdos, dichos o tácitos, y a veces la diferencia entre que algo funcione o no está en la inteligencia que se tenga para advertir en qué momento se hace imprescindible modificar un acuerdo preexistente que ya no sirve, por otro que sí se acomode a la realidad presente del vínculo.

Celos entre padres
(*Kramer vs. Kramer*)

Dijimos que no siempre los celos tienen que ver con la pareja. Recuerdo el caso de un matrimonio que competía, sin darse cuenta, para ver cuál de los dos quería más a su hijo y a cuál de ellos su hijo quería más.

Esta competencia surgía en actitudes nimias, en chistes, pero estaba todo el tiempo latente y era el origen de muchas discusiones y peleas que, por supuesto, conscientemente encontraban otros motivos aparentes.

Ocurre que la relación de los padres con los hijos presenta dificultades distintas a las de una pareja, pero no por eso deja afuera la posibilidad de la aparición de los celos.

Para ahondar un poco más sobre esto, me gustaría poner como ejemplo una escena de una película que a lo mejor muchos de ustedes hayan visto: *Kramer vs. Kramer.*

Para los que no la vieron, la película cuenta la historia de un matrimonio que se separa. Un día el marido, al que le estaba yendo muy bien en su trabajo, que estaba a punto de ser ascendido, de ganar mucho dinero, llega a su casa y ve a su mujer que está en la puerta del ascensor, con la valija en la mano y que ha decidido irse. No entiende lo que está pasando e intenta convencerla para que no lo haga, pero no hay manera, ella ya lo ha decidido y se va.

La pareja tiene un hijo pequeño al que, al principio, el padre no sabe muy bien qué decirle. Además, en el fondo, él espera que ella vuelva. Pero, después de unos días, la mujer envía una carta. El padre abre la carta, contento porque cree que ella va a comunicar su regreso, y se sienta junto a su hijo para compartir con él lo que su mujer ha escrito; pero cuando la empieza a leer, ve que está dirigida al chico y que es un intento de explicarle el porqué de su abandono.

Le dice que cuando un matrimonio se separa, la mayoría de las veces son los papás los que se van y los hijos se quedan con las mamás. Sin embargo, a veces las que se van son las mamás, porque ellas también tienen derecho a buscar algo importante para sus vidas más allá de los hijos. Y que ella quiere encontrar algo importante más allá de él.

El nene, imaginen la situación, no quiere seguir escuchando y empieza a vivir esta nueva realidad de un modo muy angustioso. Lo primero que hace es enojarse con el padre porque, según le parece, hace todo mal. Prepara el desayuno y se le queman las tostadas, se le vuelca la leche, y el hijo le dice: "Mamá lo hacía mejor, mamá lo hacía mejor". Y el hombre no sabe qué hacer: se siente impotente ante esa situación, se enoja, se desespera.

Pero el tiempo avanza y ocurre algo maravilloso, y es que empiezan a adaptarse a esta nueva realidad, a reírse, a distribuirse las tareas. El papá limpia la casa mientras que el hijo lo ayuda a cocinar; las tostadas ya cada vez se queman menos y todo parece encaminarse, hasta que en un momento determinado el chico cae en una etapa depresiva y le dice al padre que se siente culpable de que su mamá se haya ido, que algo debe de haber hecho mal.

Esto es bastante común que ocurra en los chicos de padres que se separan. Piensan que fue por culpa de ellos que el matrimonio ha fracasado. Pero este papá lo calma, lo abraza, lo contiene y le hace entender que no fue por él que la madre se fue. Es un período difícil y doloroso, pero del que salen juntos y, después del cual, las cosas empiezan a funcionar bien.

Por supuesto, todo tiene un costo en la vida y, en este caso, el costo es que el padre que estaba a punto de recibir un ascenso, de ganar mucho dinero, empieza a empobrecerse. Ya no puede dedicarle tanto tiempo al trabajo porque tiene que ocuparse de su hijo, bañarlo, vestirlo, llevarlo al colegio, ayudarlo a estudiar, estar para dormirlo y, entonces, lo despiden del trabajo porque ya no es el empleado modelo de antes, el hombre emprendedor con destino de grandeza. Busca trabajo de otra cosa, de medio día para poder encargarse de su hijo y lo consigue. Y cuando por fin parecía ser que las cosas se acomodaban, reaparece la madre.

Ella ha armado una nueva pareja con un hombre adinerado, se instaló en una hermosa casa, construyó un proyecto y, ahora que está bien consigo misma, quiere recuperar a su hijo y, por eso, vuelve a buscarlo.

Pero el padre no está dispuesto a entregarlo. Quiere que su hijo se quede con él y, entonces ella le inicia una demanda legal; por eso la película se llama *Kramer vs. Kramer*, que es la carátula del juicio por la tenencia del hijo.

En el transcurso del proceso judicial hay un momento en el cual se perfila claramente que ella tiene todas las de ganar. Le ha ido bien, tiene una nueva familia, un hogar lujoso, en tanto que él, por estar con el hijo, ha perdido ingresos económicos, su condición es muy austera, y, como si esto fuera poco, ella es la madre; y todos sabemos que la ley suele creer que los hijos están siempre mejor con sus madres; algo que podríamos discutir largamente, ya que no puede emitirse un dictamen universal sobre esto y siempre dependerá de cada caso.

Pero la cuestión es que el abogado le dice al padre que no hay manera de que él gane este juicio, excepto que tome una decisión drástica.

—Si queremos ganar —le dice—, tenemos que subir al chico al estrado para que cuente cómo sufrió cuando lo dejó la madre, cómo se sintió abandonado y todo lo que vos hiciste por él.

Y el hombre se imagina la situación que deberá afrontar su hijo en ese lugar, rodeado de testigos, abogados, prensa, el juez, el jurado y dice:

—Yo no puedo permitir que mi hijo pase por eso.

—Pero si no lo hacemos vamos a perder.

A lo cual le responde:

—Bueno, perdamos entonces, pero yo no voy a exponer a mi hijo a todo eso.

El juicio sigue adelante y, como era de esperar, pierden. Y así llegamos a la escena final, que es la del día en el que la madre tiene que ir a buscar al hijo para llevárselo con ella.

En la casa del padre todo está listo: el chico vestido, su valija preparada en un rincón y ambos esperando. Padre e hijo se miran, están quebrados y el chico intenta retener su llanto sin conseguirlo. Entonces el papá lo acaricia, le sonríe, mira el reloj y suena el timbre.

Es la madre; pero le pide al hombre que baje un minuto sin el hijo. Él lo hace y cuando llega abajo la encuentra destruida y en una crisis de llanto. Él la mira sin entender y ella le dice que peleó todo este tiempo por recuperar a su hijo porque lo ama, porque quería lo mejor para él. Y que hoy, antes de salir fue al cuarto que le había preparado, pintado y adornado especialmente porque quería darle un hogar, y entonces comprendió que no podía llevárselo porque su hijo ya tenía un hogar. Y se echa en los brazos de su ex marido, y lloran juntos, fuertemente abrazados.

Es una imagen muy fuerte y conmovedora.

Nos referíamos a los celos que pueden surgir entre los padres por el cariño de sus hijos, pero también al sentimiento de posesión que en algún momento puede hacernos creer que alguien, en este caso el hijo, es un objeto cuya posesión puede ser disputada sin tener en cuenta sus deseos. Pero cuando ambos padres lo miran y lo ven como lo que es, una persona con deseos propios, con derecho a elegir, la actitud de los dos cambia. Lo que esta historia muestra es cómo el amor, cuando es sano, funciona de otra manera y genera otras actitudes. Porque ese padre era capaz de perder lo que amaba con tal de cuidarlo y dijo: "que se lo lleve la madre", pero ella a su vez, también renunció a lo que más ama con tal de no lastimarlo y dice: "Éste es su hogar, ésta es su casa y aunque yo lo quiera tanto, es aquí donde debe estar". Y se abrazan y otra vez se reencuentran, ya no como pareja, pero sí como dos padres que aman a un hijo con un amor sano y maduro. Y es que la posesión está en contradicción con el amor. Se poseen los objetos, no los sujetos, y nadie que trate a otro como si fuera una cosa puede amarlo verdaderamente.

Entonces, es cierto esto de que las relaciones humanas son complejas y muchas veces la posesión, los celos, la envidia se mezclan pero, si hay un punto en el cual el amor se convierte en algo deseable en la vida de los hombres es éste en el que alguien, antes que nada, respeta y vela por lo que ama. Allí no hay lugar para la posesión. Se poseen los objetos, no los sujetos. Los sujetos desean y eligen por sí mismos.

Hay quienes no entienden esto, y me viene a la mente una hermosa metáfora que tienen algunos pueblos africanos, que dice que cuando cerramos el puño, es cierto que nadie puede quitarnos nada, pero no es menos cierto que tampoco nadie puede colocar nada nuevo en nuestra mano.

Por eso compartí con ustedes el relato de esta película. Porque me parece que esta historia muestra de manera precisa cómo al principio hay una puja entre dos personas que aman sinceramente, pero que ese amor se juega de un modo celoso y no tiene en cuenta al objeto amado. Pero cuando todo empieza a verse más claro, comprenden que, en ocasiones, para hacer bien las cosas tal vez sea necesario sufrir: para ganar a veces hay que perder. Cuando alguien es capaz de enfrentar una situación de esta manera, queda la sensación de que, de vez en cuando, el amor tiene sentido.

Interludio II

NARCISISMO

> "Él ama y no sabe que ama, no sabe siquiera cuál es su sentimiento... Él no se da cuenta de que se mira a sí mismo en el amante como en un espejo."
>
> PLATÓN, *Fedro*

Ya que deslizamos el tema del Narcisismo, me parece oportuno hacer un breve recorrido por este concepto que es de vital importancia para la estructura teórica del psicoanálisis. Un término que Sigmund Freud acuñó en 1914 a raíz de su ruptura con Jung.

Carl Gustav Jung estudió medicina en la Universidad de Basilea y fue un cercano colaborador de Freud en los comienzos del psicoanálisis. Pero, de a poco se fue distanciando hasta que se produjo la ruptura definitiva entre ellos.

La íntima convicción que Freud tenía en el papel fundamental de la sexualidad en el origen de las enfermedades psíquicas fue el motivo principal de esta pelea. No olvidemos que el creador del psicoanálisis tuvo que enfrentar a toda una cultura para defender sus teorías, y Jung no fue la excepción.

Generalmente, Freud solía tomarse su tiempo entre la elaboración de un concepto y su publicación. Sin embargo, esta disputa con Jung hizo que un artículo fundamental de la teoría psicoanalítica, "Introducción del Narcisismo" lo diera a conocer casi de inmediato.

Pero antes, hagamos un repaso por el mito que da origen al término "narcisismo".

Es probable que la historia de amor entre Narciso y Eco no sea de las más conocidas y quizás esto se deba a que se trata de un episodio menor, pero no por eso carece de la belleza poética de la mitología griega.

Narra Ovidio en *Las Metamorfosis*, que la bella Ninfa Líriope quedó embarazada al ser violada por el río Cefiso. El hijo que dio a luz era tan hermoso que desde el momento mismo de su nacimiento se convirtió en el objeto de amor y adoración de las demás Ninfas.

Preocupada por el destino del niño, su madre consultó al ciego Tiresias, que era un reconocido vidente, para que le dijera qué le aguardaba a su hijo y la respuesta del adivino fue la siguiente: "Vivirá feliz mientras no se vea a sí mismo".

El tiempo pasó y Narciso fue creciendo, amado y adorado por los demás. Pero de entre todas las pasiones que generó, sobresale la de una hermosa Ninfa: Eco.

Es sabido que Zeus, el príncipe del Olimpo, era un dios que daba rienda suelta a sus impulsos eróticos, ya fuera con hombres o mujeres. Su esposa y hermana, Hera, intentaba en vano mantenerlo bajo control, pero el dios siempre se las arreglaba para encontrar la manera de eludir su vigilancia.

Y así fue que en cierta ocasión, Zeus le pidió a Eco que lo ayudara. La Ninfa era famosa por su habilidad para relatar historias, una especie de Scheherezade helénica, y Zeus le encargó el trabajo de entretener con sus historias a su esposa mientras él iba en pos de sus conquistas amorosas. Y así lo hizo Eco durante un tiempo, hasta que alguien alertó a Hera acerca de esta trampa.

Hera, reconocida por su carácter furibundo, la castigó quitándole ese don maravilloso que tenía con las palabras y condenándola a poder repetir solamente las últimas sílabas que escuchara de la boca de los demás.

Cierta vez, la Ninfa vio a Narciso y quedó inmediatamente enamorada del él. Comenzó a seguirlo sin que éste se diera cuenta, hasta que por fin decidió acercarse y confesarle su amor. Pero, debido a su condena, le fue imposible utilizar las palabras para seducir a Narciso, quien la rechazó de manera soberbia y cruel. Eco, dolorida por la ofensa, exclamó para sus adentros casi a modo de maldición: "Ojalá cuando él ame como yo lo amo, desespere como desespero yo". Y, como bien sabemos, en la mitología clásica, las maldiciones siempre se cumplen. Y un sino fatal iría en favor de este cumplimiento.

Narciso había visto su rostro reflejado en las aguas del río y, a partir de ese momento, quedó sentenciado a amarse solamente a sí mismo. Y éste era el peor de sus castigos, el que lo condenaba a la soledad eterna: "Desdichado yo que no puedo separarme de mí mismo. A mí me pueden amar otros, pero yo no puedo amar".

Esta pasión lo fue consumiendo hasta que desesperado por tenerse se arrojó al río intentando abrazar su propia imagen y se ahogó. Al poco tiempo empezó a generarse una extraña metamorfosis. En la orilla de aquel río comenzó a brotar una hermosa flor, la misma que hoy lleva su nombre: Narciso.

Eco, por su parte, se desintegró y se esparció por el mundo. Y aún hoy podemos escuchar, cuando gritamos en la cima de una montaña, en un bosque solitario, o en el pasillo de un edificio, cómo ella nos responde reproduciendo nuestras últimas sílabas y generando ese fenómeno sonoro al que, justamente, llamamos "eco".

Hasta aquí la historia que los mitos nos han permitido conocer acerca de Narciso. Pero ¿a qué hacemos referencia en psicología cuando hablamos de Narcisismo?

El psicoanálisis utiliza el término "Narcisismo" para explicitar un momento particular en la vida de las personas en el cual se constituye una parte fundamental de su estructura psíquica. Veamos un poco cómo funciona esto.

Cuando el bebé nace no es aún una unidad sino una suma de zonas erógenas y a través de ellas empieza a conocer y a relacionarse con el mundo. La primera zona erógena que se pone en funcionamiento es la boca. Es la llamada "etapa oral", período que hace referencia al momento en el cual el chico se contacta con el mundo a partir de la boca. Es ella, después de todo, la que lo relaciona por primera vez con el exterior cuando la madre le da el pecho y le enseña que por allí entra el alimento, pero también el amor.

Porque el pecho de la madre significa para el bebé mucho más que la comida, ya que descubre en este contacto el amor de su mamá, la cual representa para el bebé el mundo todo.

De allí la importancia fundamental que en el desarrollo de la psiquis de un sujeto tiene esta etapa. Por eso, cuando los padres nos traen algún chico al que suponen con problemas, los psicólogos solemos preguntarles si fue amamantado, hasta qué edad, cómo vivió la mamá este momento, si le gustaba darle el pecho o si, por el contrario, le molestaba. Lo que en realidad estamos intentando averiguar es cómo ha sido la entrada de ese chico al mundo y al amor.

La madre le manifiesta el cariño cuando le da el pecho y la negativa a esto es vivida como un rechazo. "Si me da es porque me quiere, si no es que no me ama". Es decir que hay un objeto valioso, el pecho materno, que el otro le da o no al bebé según su voluntad.

Con posterioridad llegará la "etapa anal". Es el momento de la adquisición del control de esfínteres y, en esta etapa, se darán dos cambios importantes con respecto al período anterior.

El primero de esos cambios es el objeto: el pecho de la madre deja lugar a las heces del niño, y el otro cambio es que ahora ya no es la madre la que da o no el objeto valioso, sino que es el chico. En la etapa oral, era él quien pedía la teta, ahora son los padres los que le piden a él: "Dale, hacé ahora... hacé acá... esperá que ya llegamos, todavía no hagas... pedí... avisá". Es decir que el chico es quien queda en posesión de dar o no lo que los otros quieren. Y empieza a manejar esto de modo tal que entrega o no este objeto cuándo y a quién se le da la gana.

Por eso son comunes las frases: "que me lleve al baño mamá" u "hoy quiero que me limpie papá". Ellos eligen a quién le obsequian este objeto que tanto parecen valorar los demás y al que vive como si fuera un preciado regalo. Después de todo es una parte de su cuerpo.

Esta actitud despótica y caprichosa es la que ha generado que a esta etapa se la denomine sádico-anal.

La tercera etapa es la que se conoce como "etapa fálica" y la preponderancia está dada en el varón por el pene y en la nena por el clítoris. Es el momento en el cual los chicos se tocan y los padres nos dicen en sus consultas: "no sé qué hacer, se toca todo el tiempo".

Pues bien, esto que tanto preocupa a los papás es un proceso normal y necesario para la conformación psíquica de todo sujeto humano.

Pero hasta aquí, el chico es aún una suma de zonas erógenas, no se reconoce como una unidad y todavía no puede decir "Yo" al referirse a sí mismo. Por eso es común, dijimos, escuchar a los chicos hablar de ellos mismos en tercera persona. "¿De quién es eso?", le preguntamos. Y él no nos responde: "mío", sino "de Juan" o "del nene", según la edad.

Estas etapas del desarrollo psíquico y sexual de una persona se dan en el período al que denominamos "autoerotismo", porque la relación del chico es con sus propias zonas erógenas. El mundo y su propio interés giran siempre alrededor de ellas y aún no está capacitado para dar su amor a los demás porque ni él es una integridad ni lo son los otros. Mamá, por citar sólo un ejemplo claro, aún no es mamá, es su pecho. Y, para poder empezar a dar y recibir amor en el sentido pleno de la palabra, debe formar personas totalizadas y no objetos parciales.

Pero el psicoanálisis ha descubierto que llegar a esto, que parecería tan sencillo, algo casi natural es, muy por el contrario, un proceso lleno de dificultades que le impone al chico un arduo trabajo, y sabemos también que muchas de las dificultades que enfrentamos en nuestras vidas en nuestra etapa adulta, provienen de alguna falla en el momento de atravesar alguna de estas fases.

Celos, sentimientos posesivos o agresivos, dificultades de relación o imposibilidad de darnos permisos para ser felices, devienen muchas veces de problemas en la resolución del trabajo que este proceso nos impuso cuando niños.

Decíamos que, para poder amar, primero hay entonces que construir a una persona total, ver a mamá y no sólo a su pecho, y el primer objeto total, la primera persona completa que el niño desarrolla, es él mismo. Y a este momento a partir del cual el chico deja de decir "Juan" o "el nene" para referirse a sí mismo y pasa a decir: "Yo", lo denominamos Narcisismo, y recién después de este proceso, de este "nuevo acto psíquico" —como lo llamó Freud— alguien adquiere la posibilidad de amarse a sí mismo y a los demás.

El amor se convertirá en un elemento valioso y limitado, de modo tal que el sujeto debe administrar cuánto se guarda para sí y cuánto da a los otros. Porque cuanto más se ame a sí mismo menos amor tendrá para el resto y cuanto más lo derive hacia el exterior, menos le quedará para cuidar su valor y su autoestima.

Se trata de guardar un sano equilibrio para evitar caer en situaciones extremas y enfermizas. De allí la poética y veraz sentencia de Sor Juana Inés de la Cruz: "El amor es como la sal. Dañan su falta y su sobra".

Son las psicoterapias y no el psicoanálisis las que le otorgan una entidad clínica determinada a los problemas psicológicos devenidos de un mal atravesamiento de esta etapa. Justamente, han acuñado el término "Trastornos del Narcisismo" para referirse a las características particulares de este cuadro clínico. También se ha incorporado el término "autoestima" (el cual utilizo en varias ocasiones en este libro, más por ser de uso habitual de los lectores que por lo preciso).

Teniendo en cuenta que el narcisismo hace referencia a la adquisición y estructuración del Yo, los así llamados Trastornos del Narcisismo tendrán que ver, entonces, con dificultades en la constitución de la personalidad, y con las secuelas que pudieran dar lugar a diferentes enfermedades.

Decíamos que el mito hacía referencia al amor por la propia imagen. Entonces, tenemos dos temas: el de la propia imagen, que acabamos de tratar, y el del amor. Y dijimos también que al amor hay que administrarlo como si se tratara de algo material.

Pero ¿cuál es la cantidad de estima por uno mismo que alguien debe tener para no caer en lo que suele denominarse baja autoestima o, por el contrario, actitudes egocéntricas?

Obviamente que existe la posibilidad de que estos procesos se den sin dejar consecuencias graves, pero para entender mejor la importancia que esta etapa tiene en la vida adulta de las personas, vayamos a las derivaciones surgidas del Narcisismo patológico, es decir, de aquellos casos en los cuales no hay suficiente estabilidad en el Yo y la autoestima está perturbada.

Por lo general, en estos casos, se trata de personas muy inestables, que cambian con mucha facilidad su estado emocional en relación con las situaciones. Suelen ser vivaces, divertidas y alegres incluso, cuando las cosas salen como ellos quieren. Pero si, en cambio, tienen que soportar una frustración, caen en estados de depresión o de incremento de la ansiedad. Hasta el punto tal de que nos preguntamos cómo puede ser que esa persona que hasta hace unos minutos estaba tan bien con nosotros, así de repente y, a lo mejor por un motivo que ni siquiera es demasiado importante se haya puesto a llorar, no razone, o sea capaz de un grado tan alto de agresión.

Estas personas, ante cada complicación sienten que la situación se les va de la mano, y suelen tomar cualquier comentario que entre en contradicción con ellos como si se tratara de una agresión personal. Se desequilibran y, como no pueden resolver de un modo satisfactorio este desequilibrio, apelan a respuestas enfermas, como, por ejemplo, la conducta adictiva, o psicopática.

Pero no debemos deducir de esto que son personas que siempre se muestran con baja autoestima, ya que también suele aparecer como mecanismo de defensa una hiperestima del Yo, lo cual produce una sobrevaloración de sí mismos. Cuando toman esa postura maníaca se vuelven intratables, no admiten que se las contradiga, porque ellos nunca se equivocan y jamás reconocerán haber cometido un error.

Imaginemos lo difícil que es vivir con alguien así. Con una persona que cree tener siempre la razón, que desvaloriza todo el tiempo a los que opinan diferente y que intenta degradar a los que considera valiosos para que jamás nadie los supere.

Obviamente que nos damos cuenta el grado enorme de inseguridad que presentan estas personas, pero en lugar de manifestarlo con la actitud de *pollito mojado*, por el contrario, son soberbios, altivos y suelen humillar a los demás con sus comentarios. Aparentan ser muy seguros y autosuficientes, pero hay algo que los delata: esa imposibilidad de reconocer sus equivocaciones ya que, para poder aceptar los errores se requiere de un grado mínimo de equilibrio emocional. Siempre es más fuerte el que se cuestiona que el que proyecta la responsabilidad a alguien externo a él.

Estos sujetos se ven en la obligación de triunfar a cualquier costo y no soportan la frustración cuando no lo consiguen. Confunden la parte por el todo. Es decir que el menor éxito los hace sentir geniales y la menor frustración les deja la sensación de que no sirven para nada.

Pero, por suerte, existe la posibilidad terapéutica de trabajar para resolver estos problemas.

Suele cuestionársele al psicoanálisis la tendencia a buscar permanentemente en la infancia la raíz de los problemas actuales y hay quienes sostienen que es una tontería ir tan atrás en lugar de encarar el aquí y ahora del conflicto, pero como vemos, la infancia es una etapa de vulnerabilidad e indefensión, y de cómo el niño pueda resolver los desafíos que se le presentan, dependerá su posibilidad de ser o no feliz en la vida.

Quinto encuentro

EL ENIGMA DE LA SEXUALIDAD

"El realismo en el amor no vale más que en el arte. En el aspecto erótico, la imitación de la naturaleza se convierte en la imitación del animal."

JOSÉPHIN PÉLADAN

Instintos básicos

Vamos a adentrarnos en una temática compleja y conflictiva, la de la sexualidad, y para hacerlo me gustaría recordar el comienzo de otra película, que aquí su título se tradujo como *Bajos instintos*, pero su traducción original es *Instintos básicos*. Tal vez haya sido una decisión de marketing, o una elección del traductor, no lo sé, pero lo cierto es que no significan lo mismo.

Es muy distinto decir que un instinto sexual es bajo a decir que es básico; porque bajo sugiere algo degradado, en tanto que básico implica que está en la base, en el origen mismo de la sexualidad humana. Entonces eso ya abre otra dimensión para pensar el tema.

Pero vayamos a la película.

En la primera escena, de no más de dos minutos, se ve a una mujer muy hermosa teniendo relaciones sexuales con un hombre. La vemos moverse sobre él, la escuchamos gemir y la escena es ciertamente muy erótica hasta que, en el momento del clímax, ella saca un elemento punzante que estaba escondido debajo del colchón y lo asesina apuñalándolo una y otra vez mientras que, con este acto de agresión final, alcanza la máxima excitación y llega al orgasmo.

Cito esta escena para plantear, desde un comienzo, que la sexualidad no siempre está ligada al amor, que no es algo natural ni sencillo de manejar ni de constituir y que en el sujeto humano, y por eso la elección de un ejemplo tan extremo, muchas veces para que el disfrute sea total, para que el placer se vuelva goce es necesario algo del orden del dolor o, incluso, de la destrucción.

Piensen si no, en las amenazas que se hacen los amantes anunciando lo que se harán uno al otro, o en el comentario de una mujer a sus amigas después de una relación muy intensa: "¿Y... qué tal estuvo?", le preguntan; y ella, para transmitir la potencia erótica de su compañero y la medida de su disfrute les responde: "Mortal... Es un animal... me mató".

Por lo general, se tiene la idea de que la sexualidad busca como resultado la consecución del orgasmo, y que ese momento es una comunión de dos cuerpos que se entrelazan íntimamente conectados. Pues bien, no es así.

En mi novela *Los padecientes* hay una escena erótica que juega el protagonista, Pablo, con una joven de nombre Luciana, y en ella se describe el acto sexual hasta sus últimas consecuencias, físicas y psicológicas, entrando en la mente de lo que ese hombre está sintiendo.

Lo que quise transmitir en esa descripción, y espero haberlo logrado, es que en el instante del orgasmo el sujeto siempre está solo. Que el orgasmo es del *uno*, no es de la pareja, que en ese momento final lo que se espera del otro es que no moleste. El orgasmo es un acto que se disfruta en la más profunda soledad. Algunas personas incluso pueden decirlo: "quedate quieto... no te muevas..., dejame a mí... no me digas nada", u otras frases por el estilo. Es decir que lo que lo que el amante pide en ese momento es que se lo deje solo con su cuerpo, con sus sensaciones, en la posición que más le gusta y con el movimiento rítmico que desea, con sus fantasías incluso, porque allí aparece toda una cuestión que no es de dos sino de uno. Y conocer y respetar ese momento es parte de la construcción de una pareja.

Esto se sabe y suele expresarse de muchas maneras diferentes. Una paciente, hablando de la buena sexualidad que tenían con su pareja, me lo dijo así: "Es genial. Porque nosotros nos conocemos, ya tenemos el ritmo del otro incorporado, y él sabe exactamente cómo me gusta a mí".

Es decir que, a veces, se desarrolla un cierto conocimiento acerca de cómo no molestar al otro en un momento tan intenso y tan íntimo; en qué posición le es más fácil alcanzar el orgasmo, qué lo incentiva o qué le molesta.

Pero a pesar de lo que esta paciente decía, lo cierto es que no hay un saber universal acerca de la sexualidad, porque cada quien encuentra su máximo disfrute en la manera única y particular en la que su mente y su cuerpo lo demandan. Y el mejor de los amantes es aquel que acepta que, en ese instante, no es el protagonista de la historia.

El buen partenaire sexual no es el que tiene todo preparado, todo bajo control y utiliza la misma técnica con todas las personas, porque la sexualidad humana es un territorio de incertidumbres y no de certezas.

Aclaro esto porque hoy abundan los gurúes que se postulan como los poseedores de las respuestas a todas las preguntas posibles, incluso hay quienes hablan como si conocieran el secreto del amor y pudieran enseñar cómo se goza y cómo se hace gozar al otro, cuando de lo único de lo que se trata, como dijimos, es de molestar lo menos posible y tener la sensibilidad para ir descubriendo qué es lo que el otro encuentra placentero.

Recuerdo que una paciente me dijo en una sesión que si en el momento en el que estaba teniendo un orgasmo su pareja no estaba, mejor. Claro que era un chiste, pero ya hablamos acerca del chiste y su relación con el inconsciente. Además, no estaba mal lo que decía. A su manera, lo que reclamaba era el derecho a que se le permitiera experimentar su modo personal de llegar y disfrutar del orgasmo. Si en ese momento el compañero sexual hace algún movimiento inconveniente, ya sea verbal o físico, la magia se interrumpe y algo del disfrute se pierde. Es ese famoso: "estaba allí y se me fue" o, como decía la misma paciente: "Fue un orgasmito, no fue de esos fuertes, de esos que te dejan temblando".

¿Y eso por qué? Porque no pudo quedarse sola en ese momento en el que se funde lo físico con lo psíquico, el placer con el dolor. Por eso no debe sorprender que a muchas personas les sea más sencillo alcanzar el orgasmo cuando se masturban que cuando tienen relaciones sexuales.

El orgasmo femenino y la mentira

Si bien el del orgasmo es un tema difícil de abordar, suele referirse a él como el momento de descarga de una gran tensión que se ha ido acumulando a partir de los juegos preliminares y luego durante el acto sexual propiamente dicho.

Pero para poder pensar sobre esta cuestión, es necesario antes introducir un concepto psicoanalítico que es el de Principio de Placer. Les pido que me acompañen en el desarrollo de esta idea para poder entender mejor el tema del que estamos hablando.

Los analistas, cuando hablamos de placer-displacer, no hacemos referencia a lo que a una persona le gusta o le disgusta, sino a una cuestión de tensión psíquica, porque la psiquis funciona sobre la base de diferentes grados de tensión que pueden aumentar o disminuir.

Ahora bien, hay un límite por encima del cual esa tensión empieza a ser vivida como displacentera y necesitamos, entonces, disminuir ese exceso de tensión porque genera un aumento de la ansiedad. ¿Cómo? De muchas maneras.

Pienso en las veces que alguien le dice a un amigo: "llorá que te va a hacer bien, descargate". Allí, en esa invitación a la catarsis, le está proponiendo un modo posible de descarga de la tensión psíquica excesiva.

A ese funcionamiento que hace que la psiquis tienda a mantener constante un nivel de tensión, que nunca será cero, porque no tendríamos deseo de nada, y a disminuir cualquier exceso por registrarlo como displacentero, lo llamamos Principio de Placer.

Sin embargo, en la sexualidad ocurre algo que parece contrariar esto, porque dado este esquema podemos entender que el placer estaría en la descarga de la tensión acumulada y que el fin de la relación sexual es entonces el orgasmo. Pero si esto es así, ¿por qué, entonces, muchos lo alejan, lo posponen en el tiempo lo más que pueden, por qué si el placer está en la disminución de la tensión se disfruta tanto de una tensión extrema que psíquicamente debería ser vivida como displacentera?

Podríamos decir que esto se da, tal vez, porque en la sexualidad se juega un más allá del Principio del Placer, lo cual explicaría por qué el orgasmo tiene algo de doloroso. Basta con ver el descontrol, el pulso que se acelera, los gemidos, los gestos del rostro, para entender que algo de esto hay. De hecho, los niños en sus fantasías imaginan que el acto sexual es algo agresivo. Y no debe de extrañarnos, sobre todo si pensamos en las manifestaciones físicas y verbales que lo acompañan.

Ahora bien, si hablar del orgasmo es hablar también de algo enigmático, en los hombres esto parece zanjarse un poco porque se confunde el orgasmo con la eyaculación. ¿Pero esto es así? Me pregunto cuántas veces alguien eyacula y sin embargo el placer obtenido no ha sido demasiado grande, sino que se trató solamente de una descarga seminal provocada por ciertos estímulos corporales, pero sin la aparición de la sensación fuerte, casi descontrolada que produce el orgasmo, mientras que otras veces esas sensaciones sí aparecen aun en ausencia de eyaculación.

Esto no siempre se entiende, por eso hay veces que luego de una relación maravillosa, pero en la que el hombre no eyaculó, la pareja suele preguntarle: "¿Y, vos, no vas a terminar hoy?"

Y aunque él le jure que está en el cielo y que pasó un momento increíble, puede que ella no se conforme con esto e insista: "Sí, claro. Pero ¿no vas a terminar... no te gustó?"

En esos casos, lo que se exige es una prueba, casi diría una garantía de que el hombre lo ha pasado bien.

Del mismo modo, también algunos hombres, por supuesto hablo de aquellos cuya elección es la heterosexualidad, necesitan constatar que su pareja ha disfrutado del encuentro sexual pero, como ni siquiera tienen esa prueba engañosa de la eyaculación, es que suelen ser más inseguros y les cuesta eludir la pregunta: "¿Y, llegaste? Pero no me mientas, decime la verdad".

Y muchas veces, aunque se le diga la verdad, ésta no alcanza para convencerlo. Por eso, esta idea estereotipada que circula sobre el fingimiento del orgasmo femenino tiene en realidad dos posibles motivos: el primero de ellos es tranquilizar al otro demandante que quiere escuchar que ha estado a la altura de las circunstancias. Como si con los gritos exagerados se le estuviera diciendo: "¿Así está bien? ¿Estás tranquilo? Vos decime cuántas veces lo necesitás y yo te lo doy".

El otro motivo posible, el de la mentira, suele ser que muchas mujeres se avergüenzan de no llegar al orgasmo. Como si hubiera algo que está mal en eso, como si fueran menos mujeres. Entonces el fingimiento viene a cubrir lo que ellas viven como una falencia personal. Pero, tanto en ambos casos, la problemática que se pone en juego es la de la inseguridad, ya sea de uno o del otro.

La respuesta ante la demanda de la comprobación del orgasmo del partenaire sexual aparece entonces como un modo de encontrar tranquilidad ante la ausencia de un saber posible sobre la sexualidad. Y esto se liga a lo que ya expusimos acerca de la falta del instinto en el hombre.

¿Ustedes imaginan a un perro preocupado por saber cómo la pasó la perra? Seguramente, no; porque allí sí, hay un saber sobre el cómo, el cuándo y el porqué del encuentro sexual. En cambio, como en la naturaleza de la sexualidad humana no hay un saber natural, el partenaire intenta averiguar hasta dónde ha llegado a satisfacer al otro, cómo ha estado, qué clase de amante es; en otras palabras, cuál es, sexualmente hablando, su lugar de importancia para el otro.

La satisfacción

Ya hicimos referencia en un capítulo anterior a la diferencia existente entre el Instinto y la Pulsión y dijimos que el instinto sexual permite llegar a la satisfacción total. Por eso, cuando dos perros culminan el acto sexual, a ninguno de los dos se les ocurre cuestionarse por qué lo hicieron, si valió la pena o si están arrepentidos de haberlo hecho, como muchas veces les sucede a algunas personas.

Por el contrario, se dan vuelta y se quedan unos minutos pegados mirando para lados opuestos, *abotonados* es el término común con el que se designa ese momento. Es un comportamiento natural para dar por terminado el acto sexual y garantizar que hasta la última gota de la simiente entre en el cuerpo de la hembra en busca de la procreación. Porque el fin del instinto sexual, recordemos, es la reproducción. Algo que los sujetos humanos solemos evitar, excepto en las contadas ocasiones en las que estemos buscando un embarazo.

Pero, en cambio, ponemos en juego otros mecanismos que pasan por la palabra, por las caricias. El perro no se preocupa por acompañar a la perra hasta su cucha luego del acto sexual, ni se queda haciéndole mimos. Ellos no necesitan de eso, nosotros sí, porque en el hombre las cosas son diferentes, porque la pulsión no es instinto. No hay un saber posible ni mucho menos una satisfacción total al respecto.

Tratar de comunicar algo del orden de la pulsión en un libro que no pretende ser utilizado como material de estudio es muy complicado, porque se trata de un concepto teórico que, como todo concepto proveniente del psicoanálisis, da cuenta de cosas que ocurren en la clínica. Por eso es algo tan difícil de transmitir.

Pero al menos quedémonos con las diferencias con el instinto que marcamos en capítulos anteriores y sepamos que la pulsión tiene cuatro elementos: la fuente u origen, que es alguna zona del cuerpo, lo que llamamos zonas erógenas, el objeto, que como vimos no es fijo como el del instinto sino que varía de sujeto en sujeto, la finalidad, que es la satisfacción, la cual jamás se alcanza del todo y que en su insatisfacción sostiene la existencia del deseo y, por último, que le impone permanentemente a nuestra psiquis un trabajo, un esfuerzo para que haga algo con ella.

Y no ahondaremos más sobre esto porque sería algo que excede la intención de este libro. A todo aquel que le interese profundizar lo remito al texto freudiano *Pulsión y destinos de la pulsión*.

Pero retomemos una de las cosas que tienen que ver con el fin de la sexualidad humana que, como dijimos, ya no es la procreación sino el placer. Con esto quiero decir que el sujeto humano tiene relaciones sexuales, no porque su naturaleza lo lleva a procrear, sino porque le gusta. Es más, los padres se encargan de terminar con todo el atisbo natural de sus hijos no bien se desarrollan.

Cuando el adolescente tiene sus primeras poluciones nocturnas, en el caso de los hombres, o la primera menstruación (menarca) en el caso de las mujeres, lo cual indica que ya podría procrear, viene el momento, si es que no lo hicieron antes, de explicarle cómo vivir la sexualidad sin inconvenientes, cómo cuidarse para no contraer enfermedades de transmisión sexual, pero, también, para no correr el riesgo de que se produzca un embarazo no deseado.

No hay nada más antinatural que la sexualidad responsable. Allí se ve claramente cómo el ser humano es, antes que nada, un producto de la cultura.

¿Por qué? Porque si sigue la vía natural, el joven va a andar embarazando, o embarazándose todo el tiempo. Entonces ¿qué hacemos? Le tiramos la cultura encima y le decimos: "vení para acá. Mirá es muy lindo tener relaciones, pero hacelo con responsabilidad". Les enseñamos lo que es un preservativo, por ejemplo, o llevamos a la joven al ginecólogo para que le explique cómo debe cuidarse para vivir una sexualidad responsable. ¿Y qué es lo que le estamos diciendo cuando le explicamos todo eso?

Que su meta no es la meta instintiva, que no es un animal, que lo tiene que hacer por placer y para disfrutarlo, que debe evitar los problemas que conlleva, vivirlo según las leyes de la naturaleza. Es decir, empezamos a acotar el tema este de cuál es la meta de la sexualidad humana y le transmitimos que el fin es que lo pase bien sin correr riesgos de salud, que lo disfrute sin cometer descuidos.

Después, con el tiempo, a lo mejor llegará el momento en el que esa persona desee y decida tener un hijo, pero es preferible que no sea a los catorce años. Es más, todos sabemos que el embarazo adolescente se estudia y se reconoce como un problema social. Y esto pasa porque en la especie humana se da una paradoja, que es que, para cumplir con la función de padres, no siempre coinciden la aptitud física con la psíquica.

Por ejemplo, y aunque la naturaleza diga lo contrario, está mucho más capacitada para ser madre una mujer de cuarenta y cinco años que una chica de quince. Y por eso hemos desarrollado las técnicas para evitarlo en la adolescencia y para propiciarlo, incluso por métodos asistidos, cuando se es adulto.

Pensemos que no es poco el trabajo que se nos impone al tener que manejar esta falta de sincronía entre lo natural y lo humano con respecto a lo sexual. El hecho de que un joven esté físicamente apto para procrear quince o veinte años antes de alcanzar la aptitud psíquica, no es un detalle menor. Y también con eso tenemos que lidiar a la hora de vivir la sexualidad.

Sexo, moral y religión

A lo largo de las conferencias que he dado por todo el país, muchas veces recibí comentarios o preguntas referidas al rol que los condicionamientos sociales y religiosos podrían jugar con respecto al tema de la sexualidad. Recuerdo que alguien me preguntó directamente: "¿Y qué pasa con la prohibición de fornicar? ¿Cómo hacemos para no vivir con culpa el disfrute sexual con semejante mandato?"

Lo cierto es que la cultura siempre ha intentado mantener al hombre bajo control, y esa prohibición del acto sexual se basa en dos premisas.

La primera, que hay en el sexo algo que no está bien, algo malo, y la segunda, que es necesario acotar la sexualidad a lo biológico, a lo *natural*, olvidando el hecho de que el ser humano no es un ser natural sino un ser cultural.

Hay religiones que, incluso, prescriben cómo deben tener relaciones sexuales los esposos para evitar que sus cuerpos se rocen, para que no haya besos ni caricias, para que no se miren ni se hablen y que sólo el pene y la vagina se contacten teniendo como único fin la procreación. Justamente lo contrario a lo que hemos planteado en un pasaje anterior de este libro, aquello de no reducir la sexualidad a la genitalidad.

Con esas prohibiciones y mandatos culpabilizantes, lo que se intenta es producir un borramiento de lo más importante de la sexualidad humana: el placer. Porque la idea madre es que hay algo de malo en el placer, una especie de miedo al hedonismo. Pero hay que decir que entre alguien que se permite experimentar el placer de la sexualidad y un hedonista, es decir aquel que hace del placer su máxima de vida, hay un abismo.

No estoy diciendo que la búsqueda del embarazo no pueda ser, en algunos casos, lo que incita el encuentro sexual. Es obvio que el deseo de tener un hijo puede ser también un deseo auténtico y fuerte. Pero obsérvese que ese anhelo es de un orden diferente del de la búsqueda del placer, y esto es así hasta el punto tal de que, cuando una pareja decide tener un hijo, puede hacer pública esta decisión. Como si no estuvieran hablando de su sexualidad. Pueden decir, por ejemplo, "que han empezado a buscar". Y los demás le desearán suerte, hablarán de nombres, padrinos o regalos. En cambio, cuando lo que se está buscando es un mayor placer o la concreción de alguna fantasía, eso queda en el marco íntimo y privado de la pareja.

Entonces, cuando el deseo de paternidad o de maternidad aparece como un deseo genuino del sujeto, se convierte en un maravilloso proyecto de vida, pero cuando el embarazo no es el fruto de ese deseo, sobreviene la angustia.

El paciente viene conmovido, desorientado y dice que no sabe qué hacer, si tenerlo o no, si utilizar la pastilla del día después o esperar unas semanas, y esta situación puede impactar sobre la pareja de un modo tal que, aquellos que hasta hace unos días fantaseaban con vivir juntos, a veces llegan a preguntarse para qué se involucraron con esa persona. ¿Y por qué tanta angustia, tanto nerviosismo si lo que ha ocurrido es un hecho totalmente natural?

Justamente por eso, porque las cuestiones del ser humano y la naturaleza no siempre, es más, sería mejor decir que casi nunca, van de la mano.

Matrimonio igualitario

Adentrados en esta temática, es válido recordar que hace poco tiempo, la sociedad argentina se vio conmovida por un fuerte debate de ideas que tuvo como desenlace la promulgación por parte del Senado de la Nación de la ley de matrimonio igualitario que permite casarse a dos personas del mismo género y les otorga, incluso, el derecho a la adopción.

Con profunda emoción recibí la invitación del Senado para ser uno de los expositores ante la comisión encargada de tratar este tema. Y así fue como, en una fría mañana porteña, me encontré formando parte de la historia argentina en una más de las luchas por los derechos de igualdad ante la ley, de un modo mínimo y modesto, intentando simplemente acercar algún pensamiento que pudiera ayudar a reflexionar a quienes debían decidir sobre un tema tan sensible a la comunidad.

Lo primero que hay que decir es que esta discusión puso sobre el tapete dos ejes sobre los que es necesario reflexionar: la sexualidad y el amor. Y, como en aquellos teoremas matemáticos cuya demostración se hace por "el absurdo", es decir por la negativa, me pareció importante detenerme en los motivos de aquellos que sostenían una oposición a la aceptación de esta ley.

Así encontré que las objeciones se levantaban básicamente a partir de cuatro pilares: la sexualidad natural, algunas cuestiones sociales, una idea de salud y, por supuesto, por motivos religiosos.

Acerca de la oposición a la idea de la naturalidad de la sexualidad humana, acabamos de hacer ya un extenso desarrollo.

En cuanto a las objeciones sociales, es cierto que la homosexualidad implica una elección diferente de la heterosexualidad, pero ser diferente en la elección sexual no implica que deban ser diferentes ante la ley.

También una persona alta es diferente de una baja, un hombre a una mujer, y un blanco a un negro, y la sociedad, apoyada en estas diferencias, durante mucho tiempo las proyectó al territorio de los derechos civiles. Así, hasta hace muy poco las mujeres, por ser distintas de los hombres, no eran consideradas capacitadas para votar y, en los Estados Unidos de Norteamérica, por ejemplo, estaba prohibido el matrimonio interracial. Hoy, un hijo fruto de la posibilidad de esa unión es el presidente de esa nación.

Acotar los derechos de una persona basándose en la diferencia sólo es concebible cuando esa diferencia hace a una condición de edad, de enfermedad o de conducta ante la ley. Porque en esos casos la ley protege al sujeto de sí mismo (ya sea porque se trata de un niño o alguien que por alguna enfermedad no está en condiciones de hacerse cargo de sus decisiones) o protege a la sociedad, en el caso de personas que sean peligrosas para los demás, acotando sus derechos.

Objeciones basadas en la salud

La homosexualidad ha debido enfrentar diferentes y tremendos juicios por parte de la cultura según los momentos de la historia. Así fue considerada primero un delito, luego un pecado o una enfermedad producida por alguna degeneración congénita. De allí el término "degenerados" con el que se los estigmatizaba hace algunos años y, por qué negarlo, con el que muchos los siguen estigmatizando aún hoy.

Pero, por suerte, en la mayoría de los países la ley ya no pena la homosexualidad y la Organización Mundial de la Salud (OMS) a su vez ha dejado de considerarla una enfermedad para verla como una elección de amor diferente.

A pesar de esto, sin embargo, en el transcurso de este apasionante debate pude escuchar muchas cosas, algunas muy inteligentes y otras basadas en el puro prejuicio.

Algunos legisladores e incluso médicos y psicólogos sostuvieron, fracasando en la ironía y mostrando en cambio un desconocimiento que asusta, que si la decisión es dar igualdad ante la ley a las diferencias sexuales, ¿por qué no permitir también la zoofilia (sexo con animales) la necrofilia (sexo con muertos) o la pedofilia (sexo con niños), ya que también son elecciones diferentes que una persona puede hacer?

Pues bien, hay algo que quienes sostienen ese argumento parecen no poder comprender, y es el hecho irrefutable de que un animal y un muerto no pueden elegir tener esa relación sexual y que un niño no está en condiciones madurativas de hacerlo, mientras que vivir en pareja con alguien del mismo género es una elección de dos adultos que voluntariamente deciden compartir sus vidas a partir del deseo y del amor.

La homosexualidad no es el acto perverso de alguien que somete a otro a padecer algo aberrante, sino la elección consciente de dos personas en la cual uno no es el objeto de goce del otro, sino que ambos se constituyen en sujetos del amor.

Objeciones religiosas

Éstas son, sin ninguna duda, las más difíciles de rebatir porque la fe es algo incuestionable y toda persona tiene derecho a vivir en la creencia que elige y bajo las normas religiosas que quiera siempre y cuando esto no se oponga a la ley de la Nación en la que vive.

Pero es necesario marcar la diferencia entre la religión y la ley, lo cual no es tan fácil como parece, ya que en algún momento de la historia la religión fue la encargada, también, de impartir la ley. Así el faraón en Egipto era el dios mismo encarnado y desde allí conducía la vida política de su nación. Algo parecido ocurrió con Europa y el avance de las religiones judeocristianas. Pero poco a poco fue marcándose una diferencia entre una institución y la otra.

Toda religión tiene su dogma y desde allí imparte lo que está bien visto a los ojos de Dios y lo que es pecado, y tiene derecho a hacerlo. Porque pertenecer o no a una religión es, en definitiva, una elección más de un sujeto que, en caso de decidirlo, deberá aceptar ciertas normas.

Por eso la Iglesia puede, desde sus creencias, sostener la decisión de casar solamente a parejas heterosexuales. Es el derecho de esta institución.

Pero una nación no legisla solamente para los que pertenecen a tal o cual religión sino para todos los habitantes de un país, para los que creen en Dios y también para los que no creen. Y lo que en este debate se dirimía era la igualdad ante la ley de los ciudadanos, no de los feligreses.

Me sorprendió, sin embargo, que algunos se hayan apoyados en citas bíblicas textuales para oponerse a la sanción de esta ley, porque a esta altura ya casi nadie sostiene la literalidad de las escrituras.

Vaya como simple ejemplo esta cita que, por supuesto, fue seleccionada por mí:

"No dispone la mujer de su cuerpo, sino el marido" (1ª Corintios, capítulos 7).

O esta otra:

"Las mujeres guarden silencio en la asamblea, no les está permitido hablar; en vez de eso, que se muestren sumisas. Si quieren alguna explicación, que pregunten a sus maridos en casa, porque está feo que hablen mujeres en las asambleas" (1ª Corintios, capítulos 11 y 14).

Y esto para no hablar de lapidaciones u otros comentarios acerca de influencias demoníacas que sólo mentes fundamentalistas serían capaces de tomar literalmente.

Las perversiones

Pero lo que en realidad les costaba aceptar a quienes se oponían a esa ley era que la homosexualidad no es una perversión, que no es una enfermedad, sino un modo particular de elección amorosa. La perversión es otra cosa; es un tipo de relación en la cual no hay dos sujetos, sino que uno de los dos es degradado a la condición de objeto para el goce del otro.

Hay una frase que circula comúnmente y que dice que siempre un sádico busca un masoquista, o un masoquista busca a un sádico como complemento. Nada más falaz. Porque al sádico lo que lo excita no es el dolor, sino la angustia del otro, y el masoquista en su dolor obtiene placer. Entonces ¿para qué un sádico va a buscar a un masoquista, si el masoquista no le va a dar lo que él quiere? Porque lo que él quiere no es pegarle, sino que el otro se angustie cuando le pega.

Viene a mi memoria un chiste que escuché en los pasillos de la facultad en la época en la que estaba cursando psicopatología, que era el del masoquista que se arrodillaba y le decía al sádico: *por favor, pégame*, a lo que el sádico le respondía: *no, no, de ninguna manera*.

Ahí sí aparecía la obtención del placer para el sádico. ¿Cómo le iba a pegar si era lo que el otro deseaba, si era de lo que disfrutaba? De ningún modo, porque lo que él necesita para excitarse es que se angustie.

Pero la cultura que, como dijimos, se apropia de los términos clínicos, ha hecho de la palabra perversión un sinónimo de maldad. Así se dice de alguien en las noticias, como si fuera lo mismo, que es un sádico, un psicópata, un perverso o un psicótico. Todas estas, cosas bien diferentes.

Y lo cierto es que *la perversión* es un cuadro clínico con características propias que pueden no tener nada que ver con la maldad ni con infligir dolor a otro. Y estoy pensando en la que sea tal vez la más clara de todas, una a la que, por algo, Freud le dedica un artículo especial, que es el fetichismo.

Ustedes saben, el fetichista es alguien que establece una relación con un objeto que actúa como causa y sostén de su deseo. Pero antes de avanzar me permito una pequeña digresión: casi todos los hombres tienen algo de fetichistas, aunque no lleguen a serlo. Las mujeres, en cambio, no. El fetichismo es una perversión exclusivamente de hombres, porque el fetiche viene a reemplazar un objeto que la mujer no tiene, algo que le falta.

Por supuesto que hablo de una falta imaginaria y no real, porque en la realidad a la mujer no le falta nada, sino que tiene otra cosa. Pero en el inconsciente de algunos hombres la ausencia de pene en la mujer actúa como algo que angustia e inhibe la excitación; entonces, el fetiche se ubica cubriendo esa falta y le permite acceder al disfrute sexual sin problemas.

Por eso es una perversión de hombres, porque el hombre intenta tapar con el fetiche eso que el fetichista cree, inconscientemente repito, que a la mujer le falta.

Cuando Lacan dijo que "la mujer no existe", o Freud que "no hay un representante psíquico del órgano sexual femenino", lo que decían en realidad es que lo que hay en el inconsciente es presencia o ausencia del pene. A esto lo llamamos *la premisa universal del falo*. Y todos sabemos que esto es así. De hecho, cuando los chicos empiezan a preguntar e interesarse por la diferencia anatómica entre hombres y mujeres, se les explica diciéndole que "los nenes tienen pito y las nenas no", es decir que aparece esto del que tiene y el que no tiene.

A veces algunos padres intentan ser explícitos y aclaran con todas las letras que los varones tienen pito y las nenas vagina, pero aun así, la hija les pregunta: "¿Y por qué yo no tengo pito?". No va a escuchar que tiene vagina, va a escuchar que no tiene pito. Porque en el inconsciente esto funciona de este modo.

Lo antedicho sólo intenta dilucidar lo enigmática que es la sexualidad, y ya no sólo para los niños, sino también para los adultos.

Pero, retomando, el fetiche es un objeto que aparece como condición del deseo y la excitación del fetichista. Casi todos los hombres, decíamos, son un poco fetichistas. Basta con ver los famosos almanaques de las gomerías.

¿Qué vemos allí?

Una mujer que pareciera estar totalmente desnuda, pero que seguramente no lo está. Porque puede que esté sin ropa, pero sentada sobre una moto, o con un par botas, o con lentes, no importa el detalle, pero seguramente habrá alguno. Porque una mujer totalmente desnuda sirve más para una clase de biología que para despertar el erotismo. Algo debe de tener, aunque más no sea una lapicera en la boca. ¿Por qué? Porque aparece el fetiche tapando una cierta falta y produciendo un estímulo erótico en el hombre que mira sin saber muy bien qué ve.

Como dijo Marco Valerio Marcial: "Para mí... ninguna mujer se acuesta lo suficientemente desnuda".

Y esto es algo que las mujeres saben muy bien. Por eso, cuando han decidido concretar con alguien, se preparan, eligen atentamente su ropa interior y despliegan una serie de actos dedicados a producir el impacto erótico.

En cambio los hombres carecen de esas conductas fetichizantes porque saben, con ese saber no sabido, que las mujeres no lo necesitan. Y si no pregúntense cuántos hombres conocen que antes de salir con una mujer vayan a comprarse ropa íntima.

Pero entonces, si todos los hombres disfrutan de una cierta fetichización de la mujer, ¿cuál es la diferencia entre el fetichista, en tanto que perverso, y ese deleite que de todos modos produce la mujer "preparada" para el encuentro sexual?

La diferencia es el valor de condición erótica del fetiche. Es decir, que un hombre puede disfrutar de que su amante lleve puesto, por ejemplo, un portaligas. Pero si el objeto no está, lo mismo da. En cambio el fetichista, en ausencia del portaligas no podría concretar la relación sexual. En un caso es un elemento más del juego erótico y en el otro una necesidad que sostiene el deseo y evita la angustia.

Y hasta tal punto el fetichista necesita de ese objeto que, para evitar que falte, suele llevarlo él.

Entonces le pedirá a su amante que se ponga tal o cual prenda.

Recuerdo *Casanova*, la película de Fellini, en la cual había un pájaro metálico montado sobre un pene erecto, a cuerda, que subía y bajaba con una música horrorosa, y que Giacomo ponía en funcionamiento al empezar su encuentro sexual, el cual concluía justamente cuando la cuerda se terminaba y el movimiento del pájaro se detenía. He ahí un buen ejemplo de fetichismo.

Pero como vemos, y separando el concepto clínico de Perversión con la idea de maldad, el fetichista no lastima a su partenaire. Si ella quiere usa el portaligas, si no, él no podrá concretar, pero eso no la lastima más que en su autoestima. Y esa inseguridad ya no es culpa del fetichista.

A todos nos falta algo

Es cierto que también las mujeres exigen ciertas cosas de un hombre para erotizarse, pero esas cosas no son del mismo orden que el fetiche, sino que son elementos que le dan a su amante un brillo que lo vuelve atractivo. En ese sentido tienen que ver con eso que los analistas llamamos *valor fálico*, y también ellas deben encontrarlo en alguien para erotizarse, ya que nadie está completo y no debemos creer que el hombre no está en falta. Por el contrario, lo está tanto como la mujer y de allí que también requiera de ciertos elementos que lo vuelvan atractivo. Pero esos elementos no tienen, como el fetiche, el lugar del sostenimiento de la posibilidad erótica.

En ese sentido, puede ser que el poder o la inteligencia sean algo que a alguna mujer la seduzca, pero seguramente su falta no va a producirle angustia y no va a inmovilizar su deseo.

Ahora, si damos por válida esta idea de que a todos nos falta algo, debemos preguntarnos entonces ¿qué es lo que nos falta?

Pues bien, ya hemos respondido a esa pregunta, nos falta el instinto. Somos seres sociales, sujetos fruto ya no de lo natural sino de la palabra y el deseo. Y eso que nos falta nos pone en un lugar de desconocimiento.

Por eso, ante una desgracia, por ejemplo, nos preguntamos: "¿Y ahora qué hago? Me enteré de que mi padre tiene cáncer, ¿cómo se hace? ¿Se lo tengo que decir o no? ¿Cómo debo comportarme para que no se dé cuenta? ¿Cómo hago para sobrellevarlo? ¿Se va a morir?". Nos preguntamos cómo y por qué, porque no tenemos un instinto que nos dé respuestas.

Entonces, y volviendo a la primacía universal del falo, el tener o no tener siempre es un "como si". De allí que las distintas personas puedan proyectar este valor fálico, este tener o no tener, en distintas cosas; y habrá personas a las que les atraerán los deportistas, o los intelectuales, a otras la belleza, la inteligencia, alguien con una actitud más tierna, o más erótica.

Pero este desplazamiento hacia uno u otro lugar ¿es voluntario? No. ¿Es casual? Tampoco. Lo que quiero decir es que hay muchas cosas que se ponen en juego detrás de lo que parece una libre elección. Cosas que tienen que ver con la historia, los miedos y la estructura de cada persona en particular.

Por eso es importante analizarse, para poder asumir los propios deseos y respetarlos, para poder diferenciar incluso cuando se trata de un deseo verdadero o se mezcla algo de ese impulso destructivo que todos llevamos dentro (Goce). Para eso también sirve el análisis, para poder reconocer si en esa elección que un sujeto hace no está implícita la aparición del dolor, para que no entre en juego la seducción del padecimiento, porque en ese caso, esa elección es enferma.

La sexualidad es, entonces, un enigma que cuestiona permanentemente y cuyos comportamientos presentes han tenido como origen el inicio mismo de la historia emocional de cada sujeto; eso de lo que todos hemos oído hablar y que llamamos Complejo de Edipo. Que no es, como creen algunas revistas semanales, que la mamá tiene preferencia por el varón y el papá por la nena. No. Entonces ¿qué es el Edipo?

Pues bien, cito nuevamente a Juan David Nasio y digo que: "el complejo de Edipo no es una historia de amor y odio entre padres e hijos, es una historia de sexo, no involucra sentimientos tiernos u hostiles, sino que es un asunto de cuerpos, de deseos, de fantasías y de placer. El Edipo es una inmensa desmesura, es un deseo sexual propio de un adulto vivido en la cabecita y el cuerpo de un niño o una niña de cuatro años que no tiene la maduración ni psíquica, ni física para asumirlo y cuyo objeto son los padres".

Es decir que el Edipo es una historia de sexo entre padres e hijos, donde tanto unos como otros se ven involucrados de un modo fuerte, y que esa historia condicionará nuestras elecciones futuras y nuestro modo de desear. Y ése es uno de los grandes inconvenientes de la sexualidad: que se inicia, justamente, con las personas con las que después no se podrá tener sexo.

Porque los primeros en tocar y erogenizar el cuerpo de un chico son sus padres. Lo hacen cuando lo bañan, cuando lo miman, cuando lo cuidan. Y el gran desafío es, entonces, poder constituirnos en sujetos deseantes a pesar de que no haya un saber posible sobre este tema y que el punto de partida haya estado cargado de deseos prohibidos.

Sexto encuentro

ACERCA DEL AMOR Y DEL DESEO

> "El estilo del deseo es la eternidad."
>
> J. L. BORGES

El desafío de amar y desear a la misma persona

Resulta ineludible, en un libro que centra su recorrido alrededor del amor, no introducir la temática del deseo. Y creo que estamos ya en condiciones de intentar hacerlo, dado que hay conceptos que hemos venido desarrollando y en los que podremos apoyarnos sin que suenen a premisas caprichosas.

Entonces, emprendamos ese camino recordando que en el hombre ya casi nada queda de su condición de "animal biológico" y que no existe en nosotros lo que se llama Instinto, esa fuerza que impulsa a todos los miembros de una especie a tener la misma reacción frente a situaciones idénticas.

Todos hemos leído alguna publicación o visto algún programa de televisión en el que se nos muestra cómo algunos animales viajan cientos o miles de kilómetros en una época determinada del año o etapa de la vida, ya sea para procrear, invernar o morir. Y dijimos que este comportamiento masivo no es, ni en lo más mínimo, fruto de una reflexión o un acuerdo entre los miembros del grupo, sino que cada uno siente de pronto el impulso a tener ese proceder como un mandato que corre por su sangre.

Pues bien, nada de esto ocurre en el ser humano, porque cada sujeto es único y sus reacciones tienen que ver, no con su pertenencia a la especie, sino con la combinación de tres factores distintos cuya interrelación irá formando la base de su personalidad: la herencia, la historia personal y la sociedad en la que vive.

La herencia, que no es sólo genética sino también discursiva, pone en juego muchos de los factores que forman parte de una persona: su estatura, el color de sus ojos o ¿por qué no? la tendencia a sufrir ciertas enfermedades.

Su historia será fundamental en la construcción de su identidad. Y nos estamos refiriendo a los padres que ha tenido, sus vivencias infantiles, su paso por el colegio, la existencia o no de momentos traumáticos acontecidos, sobre todo en los primeros años, su paso por la adolescencia y el comienzo de su vida sexual.

¿Cómo ha sido todo esto? ¿Ha recibido aliento y contención por parte de su familia o, por el contrario, fue atravesado por discursos frustrantes que pudieran haberlo dejado preso de una sensación de soledad e indefensión frente al mundo?

Es en este punto en el que se definirá la subjetividad característica de cada hombre, su identidad sexual y su manera particular de disfrutar, sufrir o encarar los acontecimientos de su vida.

Existimos mucho antes de nacer

En su libro *El psicoanálisis ilustrado*, Jorge Bekerman escribe:

> "Usted mismo fue, muchos años antes de existir como realidad objetiva en el mundo, mucho antes de berrear y ensuciar pañales (y por supuesto mucho antes de comprar y leer libros) un sueño en la cabeza de la niña que fue su madre. Y puede dar por cierto que la manera en que usted existió como ente abstracto en la imaginación de la niña que fue su madre es mucho más decisiva para su destino que lo que usted se esfuerza cotidianamente por construir para su vida."

¿Qué es lo que Bekerman está diciendo con esto? Que, cuando una persona nace, ya la está esperando un mundo hecho de palabras y deseos ajenos, que no le pertenecen. Hay una palabra, por ejemplo, que lo antecede y que los padres han elegido para él: el nombre; que no es, ni más ni menos, que la palabra con la que se lo identificará durante toda su vida.

Y la elección de ese nombre no es algo casual ni azaroso, sino que en ella se ponen en juego los deseos y anhelos que los padres vuelcan, consciente e inconscientemente, en ese hijo que llega al mundo.

No es lo mismo llevar el mismo nombre que su padre o que el de su abuelo, o uno que haya sido elegido porque tiene un significado determinado. Porque nuestro nombre nos obliga a hacernos cargo de algo que se espera de nosotros desde antes de nacer.

Van Gogh, por ejemplo, llevaba el nombre de un hermano muerto: Vincent. Y es evidente darse cuenta de qué manera sufrió eso, cómo lo atravesó el hecho de haber llegado al mundo para ocupar el lugar de un muerto, para tapar esa ausencia y cómo esto lo ligó desde siempre a la muerte de un modo fatal.

Todos sabemos que fue un artista enorme, al que desgraciadamente no le alcanzó con eso para contrarrestar el peso de ese nombre y el lugar al que lo convocaba. Jamás fue un hombre feliz, se mutiló y terminó suicidándose.

Pero no es sólo el nombre lo que nos está esperando cuando nacemos. Es probable que muchos años atrás, por ejemplo, en un pacto de adolescencia hecho en el patio de la escuela, nuestra madre haya acordado con su mejor amiga de entonces que ella sería la madrina de su primer hijo. Es decir, que veinte años antes de nuestro nacimiento, ya teníamos una madrina.

A todo eso y mucho más debe hacer frente el *cachorro humano* en el camino que lo conducirá a ser un sujeto (en tanto que sujetado, al deseo y la palabra). Pero, ¿cómo es que adviene a este mundo?

El primer llanto

Al poco tiempo de nacer, ese bebé que mientras estaba en la panza de su madre no sintió nunca la necesidad de comer o beber, comienza a experimentar una sensación que desconoce y que le genera una tensión que crece en la medida en que no sabe qué es ni cómo se resuelve eso que le está ocurriendo.

Cuando la tensión es tanta que comienza a ser displacentera, el bebé tiene la necesidad de descargarla (Principio de Placer) y lo hace de la única manera que puede hacerlo: llorando.

Ese primer llanto no significa nada aún, no se dirige a nadie y no es más que un mecanismo de descarga de la ansiedad acumulada.

Pero ocurre que ese llanto es escuchado por alguien, generalmente la madre, quien lo codifica y dice: "tiene hambre". Entonces lo toma, lo alza, lo guía para que pueda alimentarse de su pecho y de ese modo lo calma.

Y en ese primer acto la madre ya le ha enseñado a su bebé muchas cosas: que la molestia que sentía puede calmarse, que para que esto suceda necesita de la ayuda de alguien externo y que, para que ese alguien venga él debe llamarlo ya que lo que quiera, desde ahora y para siempre, lo va a tener que pedir. Y es a partir de entonces que ese llanto que en su momento dijimos que no significaba nada adquiere un sentido.

Pero puede ser que unas horas después el bebé vuelva a llorar y que esta vez la mamá codifique ese llanto de un modo diferente y diga: "Ahora no tiene hambre… ahora tiene sueño". Entonces va a alzarlo y acunarlo hasta hacerlo dormir.

De este modo, de a poco, la madre irá introduciendo a su hijo en el mundo de la palabra, lo adiestrará en el arte de la comunicación instruyéndolo en cómo se llora cuando se tiene hambre y cómo cuando se tiene sueño. Le va enseñando con juegos y caricias que ése es su cuerpo, que le pertenece y que tiene que ir aprendiendo a reconocerse en él. Por eso lo toca y nombra cada una de sus partes para que después el hijo pueda hacer lo propio. Y así, cuando el chico empieza a aprenderlo, experimentamos una sensación de orgullo y alegría. La madre espera ansiosa la llegada del papá y le pregunta al niño: "¿Dónde está la boca?" y el hijo lleva su dedo indicando que ha unido la palabra con el cuerpo. Con este simple logro, el hijo ha dado un paso más en el arduo camino que lo llevará a ser él mismo.

Vivir en un mundo de palabras es comprender que todo lo que queramos lo vamos a tener que pedir, que no hay otra manera de obtener lo que se anhela que no sea con la mediación de la palabra. Por eso, cuando alguien no comprende esto y toma lo que quiere sin pedirlo, la sociedad lo castiga.

Pongamos un ejemplo.

Cuando una persona despierta nuestro deseo comienza el maravilloso camino de la seducción, que no es más que otra de las maneras de pedir. Nos encontramos a tomar un café, salimos a cenar o al cine, nos vamos conociendo e intentamos que en ese conocimiento mutuo se genere en el otro el mismo interés por estar con nosotros. De producirse esto podremos estar juntos, de lo contrario, la posibilidad del encuentro se verá frustrada.

Ésta es la manera en la que buscamos alcanzar la satisfacción de ese deseo porque, como decía André Breton, "las palabras hacen al amor". Pero no se trata de que las palabras tengan que ver con el amor, sino que lo *hacen*, lo originan y lo constituyen.

Pero supongamos que una persona no mediatice sus deseos a través del pedido y directamente tome lo que desea. En ese caso, lo que podría haber sido un encuentro amoroso, se transforma en una tragedia.

Esa persona ha descubierto que una mujer le gusta, que la desea, pero en lugar de seducirla, la espera en una esquina y la toma por la fuerza sin tener en cuenta lo que a ella le pasa, sin importarle si quiere o no quiere; no reconoce su deseo y, por ende, la degrada a la condición de objeto y como tal la trata. Simplemente la toma porque ése es su impulso.

Un acto como éste nos horroriza tanto que, de quien lo perpetra, decimos que se trata de un animal, de una bestia. Es decir que por su comportamiento también la sociedad deja de reconocerlo siquiera como un miembro perteneciente a la especie humana. ¿Por qué? Porque no entendió que la palabra, y no otra cosa, es el medio para conseguir lo que se quiere.

El lenguaje es, entonces, aquello que nos hace seres diferentes del resto de las especies. Porque su existencia echa por tierra con los llamados del instinto, que nos impulsarían con su fuerza a ir y tomar sin más lo que satisface la necesidad, y nos obliga a hablar, convencer, pedir, acordar y ceder para relacionarnos con los demás.

Pero la palabra también tiene un límite y nadie puede decir con palabras todo lo que quiere. Siempre hay algo imposible de ser dicho, algo que se pierde en la comunicación y que, por ende, resulta inasible. Y eso que no puede articularse por medio de las palabras, eso que no sabemos cómo pedir, dejará siempre un resto de insatisfacción. El fruto de esa insatisfacción es, ni más ni menos, el que permite el surgimiento del deseo. Un deseo que en parte tiene que ver con lo que decimos, pero también con lo que no podemos decir.

Volvamos por un segundo a aquel instante mítico del primer llanto del bebé. Dijimos que, sin saber ni esperar nada, el chico se encuentra con que su ansiedad fue calmada y su necesidad satisfecha por algo externo (la madre). Esto lo sorprende y le da una satisfacción plena... por única vez.

Una vez que ha sabido de la existencia de su madre, de su pecho que lo alimenta y de sus brazos que lo calman, el niño ya ha entrado al mundo del deseo y, cada vez que sienta hambre, sueño o miedo, no podrá evitar que surja ese deseo de que la mamá venga, se haga cargo de sus demandas, y lo calme. Ésta es la experiencia que da origen al amor.

Porque a partir de esa experiencia, cada vez que vuelva a tener una necesidad, ya estará esperando que venga aquello que lo calma e irá fantaseando el momento de la satisfacción. Y este detalle es fundamental, porque la espera lo introduce al mundo del deseo. Pero siempre habrá una diferencia entre la satisfacción anhelada y la satisfacción encontrada. Siempre habrá algo que queda, un resto de insatisfacción y ése será el motor permanente del deseo humano, ya que este modelo infantil se irá trasladando con los años a todos y cada una de nuestras vivencias.

El deseo de Reconocimiento

Llegar a ser uno mismo no es algo fácil. Por el contrario, es la consecuencia de un complejo recorrido. Al no poder saciar por sí mismo sus necesidades y, habiendo comprendido que la satisfacción de sus deseos depende de los demás, el niño empieza a querer agradar a aquellos que necesita para que lo cuiden, lo alimenten, lo vistan o lo bañen. Funciones que, generalmente, son desempeñadas por los padres.

¿Y cómo hace para intentar satisfacer esta necesidad de ser reconocido y querido por ellos? Simple. Intenta convertirse en lo que cree que esperan de él. Pero aquí se impone otra pregunta: ¿Cómo sabe lo que los demás pretenden que él sea? La respuesta es que en realidad no lo sabe, pero lo irá deduciendo a partir del discurso y las actitudes que va decodificando en su comunicación cotidiana con los demás.

A veces de un modo consciente y muchas otras de manera inconsciente, los padres marcan un camino a seguir. El simple hecho de regalarle al nacer una camisetita del club de fútbol por el que simpatiza, el padre le está indicando que de ese equipo tiene que ser hincha. Y muchas veces no hay otra explicación para serlo. "Soy hincha de este club porque ya mi padre lo era". Nos identificamos con un deseo del padre e intentamos cumplirlo.

Cada acto, cada palabra, puede funcionar entonces como un mandato a obedecer al ser tomado por una psiquis en formación como la de un chico. Y éste es el punto en el cual me gustaría detenerme.

El otro día, mientras esperaba mi turno para ser atendido en un negocio, escuché que una madre le dijo a su hijo, al cual se le había caído un paquete que ella le había dado: "Ves que vos no servís para nada".

Una frase como ésta, si es tomada al pie de la letra como una sentencia, puede convertirse en un camino a seguir y llevar a un sujeto a la búsqueda inconsciente de un destino sufriente.

Retomo para ejemplificar una frase dicha por una paciente que analizamos desde otro punto de vista en capítulos anteriores: "Yo no sé por qué siempre me engancho con tipos casados, si ya sé que más tarde o más temprano voy a terminar sufriendo".

Esa frase, dicha como al pasar, se convirtió en el hilo de Ariadna que le permitió salir del laberinto emocional en el cual ella quedaba encerrada inexorablemente. Dedicamos muchas sesiones a interpretar lo que quería decir realmente con esto y hacia dónde nos llevaba.

Hasta que un día trajo el recuerdo de que su madre, como la señora del comercio, cuando ella era niña solía decirle: "Vos te vas a quedar sola porque no servís para nada".

Este comentario había tomado para ella la fuerza de un mandato y así llegó a la conclusión de que eso era lo que la madre esperaba de ella: que no sirviera para nada y se quedara sola para siempre. Por eso, intentando cumplir con este mandato materno, todo el tiempo buscaba ese tipo de relaciones, ya que no se sentía merecedora de ser amada y respetada. ¿Por qué? Porque ella tenía el deber de *no servir para nada,* y lograr construir una relación en la que fuera feliz la hubiera llevado a incumplir con ese mandato. Sentía, además, que no tenía nada para dar y que, por ello, no era merecedora de ocupar un lugar de privilegio en la vida de un hombre.

Alguno podría pensar que este ejemplo es muy extremo, pero les aseguro que hay muchas maneras de transmitirle a un chico "que no sirve para nada". Y si no pensemos qué le estamos diciendo cada vez que, al ver que algo no le sale, le decimos: "dejá que lo hago yo". Seguramente la madre de mi paciente tampoco era tan mala como podemos suponer aunque ella la haya registrado de esta manera. Pero no olvidemos que una cosa es la realidad y otra muy distinta es la realidad psíquica.

Los mandatos

En la época en que estudiaba la técnica de la hipnosis junto al doctor Breuer, Sigmund Freud tuvo una revelación magistral. Observó que en una de esas experiencias al hipnotizado se le daban indicaciones que debería cumplir cuando saliera del estado hipnótico con la orden de no recordar estas indicaciones. Así, por ejemplo, se le ordenaba a alguien que al despertar debería pedir un vaso de agua sin recordar esta orden. Para asombro de los presentes, la persona al salir del trance pedía un vaso de agua y al preguntársele por qué lo había hecho decía que simplemente había tenido la necesidad de hacerlo. Es decir que estaba obedeciendo a una orden que no recordaba, que había sido expulsada de su conciencia, pero que aun así, no perdía su eficacia.

Freud se preguntó, entonces, si estas órdenes inconscientes no podrían producirse en situaciones diferentes de las del experimento de laboratorio, en circunstancias cotidianas. Si no podría ser que muchas de las cosas que una persona hace fueran solamente la consecuencia de órdenes que hubiera recibido en algún momento de su vida y que, a pesar de no recordarlas, no podía dejar de cumplir.

La práctica con pacientes y el análisis de los contenidos inconscientes le fue mostrando que su hipótesis era cierta. Comprobó, como lo seguimos comprobando los analistas hoy en día con nuestros pacientes, que sin saberlo, todos llevamos mandatos que inconscientemente guían nuestros pasos, muchas veces por caminos de dolor.

Un mandato es una palabra, un gesto o un acto de otro que incorporamos y al que, inconscientemente, le damos el poder de guiar nuestras vidas.

He aquí la característica de los mandatos: nos constituyen porque nos identificamos con ellos y los incorporamos hasta hacerlos algo propio, y desde allí nos indican cómo debemos ser para satisfacer el deseo de otros y, de esa manera, nos señalan el camino a seguir.

Pero a pesar de esto, que resulta inevitable, cabe decir que no todos los mandatos son negativos. Por el contrario, muchísimas veces estos mandatos nos estimulan y son posibilitadores de futuros logros. Cuando nuestros padres nos transmiten que tenemos derecho a pelear por lo que deseamos, que podemos fracasar en ese intento sin ser por eso inservibles, que peleemos por seguir nuestros deseos, pero sin exigirnos el éxito como única fuente de placer, incorporamos mandatos que son propiciadores y no frustrantes.

Recuerdo que hace muchos años vi una película llamada *Y mañana serán hombres*.

En ella se cuenta la historia de unos chicos que están encerrados en un reformatorio y que han sido alojados allí "porque no servían para nada". Y lo que se les decía era que ellos iban a estar allí hasta que fueran mayores de edad, pero que al salir seguramente iban a delinquir e iban a terminar sus días en una cárcel, porque ése era su destino.

En un momento llega a la institución un nuevo director que no cree que esto tenga que ser así, que no es cierto que esos chicos no sirvan para nada, y comienza a estimularlos, a establecer con ellos un vínculo diferente, atravesado por el respeto y el aliento. En contraposición con los dichos anteriores, él les dice que tienen que prepararse para cuando salgan, les pregunta qué es lo que quieren ser, cuál es su deseo y los incentiva a que recorran el camino hacia él. Y, sobre todo, les transmite la idea de que confía en ellos.

Cierto día se presenta en su despacho un chico al que apodaban "El Gallo". Este muchacho era reconocido por ser el más rebelde, el de peor carácter, el líder violento del grupo e incluso había tratado de escapar del reformatorio en varias ocasiones.

En esa escena, El Gallo mira al director y el diálogo es más o menos el siguiente:

—Señor, usted siempre nos dice que confía en nosotros. Pero ¿de verdad confía en mí?

El hombre lo mira sin entender bien a qué viene todo esto y le responde que sí.

—Entonces yo quiero pedirle un favor —le dice el joven—. Necesito que me deje salir un día de aquí.

El director le explica que eso es imposible, que está prohibido y que además él ha intentado escapar varias veces, lo cual vuelve a su pedido aún más difícil de complacer. Pero le pregunta por qué le está pidiendo algo que él sabe que no es lícito hacer y El Gallo le responde que su madre se está muriendo, y que a él le gustaría acompañarla y que ella pueda verlo antes de partir.

El hombre se ve en una encrucijada de la que sale apostando a la confianza. Acepta el pedido que el chico le hace con una condición, de que al otro día, con el primer tren que llega al pueblo, él debe estar de vuelta, y le ruega que por favor cumpla, que no lo defraude, porque si lo hace, eso significaría que tenían razón los que decían que no se podía confiar en ellos.

El Gallo se va. A la mañana siguiente, a la hora pautada, el joven no ha llegado al reformatorio y el director envía a su asistente a la estación de tren a ver qué ocurrió. A los minutos el hombre regresa con la información de que ese día, en el primer tren de la mañana, no vino nadie.

Apesadumbrado, el director se dirige a su cuarto y prepara su valija y su renuncia. Enterados de esto los chicos van a pedirle que no se vaya:

—Señor —le suplican— por favor, no se vaya. Porque si usted se va nos van a mandar a otro como los de antes... esos que piensan que nosotros no servimos para nada. Por favor, no nos deje.

Pero el director les dice que jamás les ha mentido y que siempre confió en ellos y que ahora no sabe si podrá volver a hacerlo.

Mientras hablan sobre esto, desde la puerta el asistente lo llama a los gritos. Él se dirige rápidamente y al llegar ve a El Gallo que viene corriendo, como alma que lleva el diablo, por el camino de tierra que llevaba al pueblo. Cuando está frente a él, el joven cae de rodillas extenuado y con lágrimas en los ojos le dice:

—Señor, perdóneme. Yo quería cumplir, pero mi madre tardó un poco más en morir y no pude dejarla sola. Y cuando llegué a la estación el tren ya se había ido. Vine corriendo desde allí, pero aun así no llegué a tiempo. Sé que le fallé, pero por favor, no se vaya, no nos deje.

El hombre lo toma de los hombros conmovido, lo ayuda a levantarse y lo abraza. Y el chico duro y rebelde llora. Llora por la madre que ha muerto, pero también llora por gratitud a ese hombre que con su confianza le ha abierto la puerta de un destino diferente, y por haber podido cambiar un mandato siniestro que lo condenaba a la marginalidad y el delito por otro que le habilita un camino a lo largo del cual pueda llegar a ser alguien de quien él mismo se sienta orgulloso.

La palabra posibilita la educación, la transmisión del afecto y la comunicación, y eso es algo maravilloso. Pero en determinadas situaciones puede volverse un arma fatal. Por eso debemos tener cuidado con lo que decimos y no olvidar que, para la mente de un niño, frases que en la vida adulta no tienen ningún valor pueden adquirir una significación que marque para siempre su vida.

La influencia de la cultura

Pero dijimos que tres eran los factores que influían sobre la psiquis de una persona. Hablamos ya de la herencia y de la historia.

En cuanto a lo social, esbocemos apenas la idea de que la realidad en la que vivimos nos impacta y que debemos vérnosla con ella. Que no es lo mismo vivir en una época histórica que en otra, en una cultura que en otra o, incluso, en una clase social que en otra. Que son diferentes las dificultades y los estímulos que alguien recibe, a favor o en contra, y que lo llevan a desarrollar sus aptitudes y mecanismos de defensa.

Desconocer esto es caer en un psicologismo que lo único que hace es dificultar la comprensión de lo que nos pasa.

La importancia de la insatisfacción (o un camino seguro hacia la depresión)

Dijimos ya que el ser humano, por carecer de instinto, carece también de la posibilidad de encontrar la satisfacción plena. Pero lejos de lo que pudiera pensarse, esto no es una desventaja. Por el contrario, esa falta instintiva es la que pone de manifiesto que, para nosotros, se hace necesaria una preparación y una construcción permanente y laboriosa durante toda la vida para poder ir asumiendo los distintos roles que nos esperan: hijo, amigo, pareja, empleado, jefe o madre. Todos y cada uno de los lugares a los que podamos vernos convocados a ocupar en la vida tienen que ser construidos, porque el ser humano no es un ser natural sino un ser social.

Pero entonces, aparece una pregunta inquietante: ¿No nos deja esta carencia instintiva sin un arma fundamental, esa que impulsa a los animales a cazar, invernar, hacer largos recorridos para desovar o construir nidos?

Y la respuesta es que, ante la falta de instinto, los seres humanos hemos desarrollado una fuerza tanto o más movilizante aún: El Deseo. Esa energía que permanentemente nos impulsa a hacer cosas, armar proyectos laborales o sentimentales, estudiar o hacer un viaje. El deseo que, por ejemplo, toma la forma de la búsqueda del amor, del conocimiento o de la realización de los proyectos personales.

La "depresión", por ejemplo, término tan usado en estos tiempos, es una enfermedad que se caracteriza por la desaparición del deseo, lo cual provoca una ausencia de proyectos tan marcada que nos deja cara a cara con la muerte, destino final y conocido de todo sujeto humano. Y es ante esta situación que surge la angustia que nos invade dejándonos paralizados e impotentes.

Pero no es necesario llegar a ese extremo para sentir, muchas veces, una pesadumbre que ensombrece nuestra vida. Situaciones de pérdida de trabajo, de pareja o de dificultades cotidianas suelen angustiarnos y quitarnos, aunque no todo, gran parte de nuestro interés en las cosas que hacemos. Aquello que nos entusiasmaba pierde su atractivo y nos sentimos "sin energía para nada". Pues bien, esa energía que parece habernos abandonados es lo que llamamos Deseo. Y es en esas situaciones en las que se pone en juego la capacidad de seguir deseando de una persona, la cual está íntimamente ligada a la sanidad.

Porque el deseo, ese algo siempre insatisfecho, es el que nos impulsa a sobreponernos a estas dificultades, el que nos insta a buscar nuevos horizontes, a volver a empezar a pesar de los tropiezos e intentarlo siempre una vez más.

Y llegados a este punto, hago una aclaración que me parece fundamental. Decir que el deseo es siempre insatisfecho no es lo mismo que decir que alguien deba sentirse siempre insatisfecho y que no pueda disfrutar de los logros alcanzados. Simplemente significa que nadie puede tenerlo todo, que siempre podemos querer alcanzar un objetivo más.

Y he allí el desafío de la vida. Desear, luchar por conseguir esos anhelos, disfrutar de lo obtenido y comprender que aun así tenemos la posibilidad de inventar un nuevo sueño por el que valga la pena seguir viviendo.

Remito al lector a la película *El náufrago*, protagonizada por Tom Hanks.

En este film, a partir de un accidente aéreo, un ejecutivo de una famosa empresa de mensajería que nada sabía del contacto con la naturaleza y que no estaba capacitado para sobrevivir en condiciones límites, queda solo en una isla desierta. Y allí tiene que enfrentarse a desafíos que parecen enormes, casi imposibles.

Conseguir alimento, agua potable, comida, hacer fuego, encontrar un refugio y, sobre todo, no convertirse en un animal, es decir, seguir siendo un hombre.

Para eso apela, inconscientemente, a dos estrategias. La primera de ellas es la de colocar la foto de la mujer que ama siempre cerca de su vista. El Deseo de volver a verla será el incentivo que lo impulsará a no darse por vencido nunca, por difícil que parezca la tarea a realizar. La segunda es humanizar a un objeto, en este caso una pelota de voley, a la que bautiza con el nombre de su marca, en la que dibuja ojos, nariz y boca y con la cual habla todo el tiempo para no olvidarse de que es, antes que nada, un sujeto del lenguaje.

De ese modo, como decíamos al principio, el deseo y la palabra, lo acompañan todo el tiempo y lo mueven a intentar volver a su mundo, a pesar de los riesgos y de las dificultades que parecen infranqueables.

Recomiendo una visita por esa historia. Algunos han visto en ella solamente una película taquillera, la tonta historia de un hombre que le habla a una pelota, pero si la miramos bien, vamos a darnos cuenta de que apunta al hecho de que siempre existe la posibilidad de afrontar un desafío más mientras sigamos siendo sujetos atravesados por la palabra y, sobre todo, por el deseo.

Amor y erotismo

Hay quienes piensan que el amor y el erotismo son inseparables, cuando no una misma cosa. Pero ocurre que uno y otro caminan por caminos distintos que muchas veces tienen, incluso, direcciones contrarias.

Dijimos que para que el amor surgiera era inevitable la presencia de una cierta idealización de la persona amada. Como decía mi paciente Mariano, aquel al que hicimos referencia cuando hablamos de los actos fallidos, su mujer y su amante eran "dos cosas diferentes".

Débora, su esposa, era el ser más maravilloso que había sobre la Tierra, una persona extraordinaria, una madre increíble, la mejor compañera que un hombre podría haber encontrado.

Observemos cómo el proceso de idealización aparece claramente en el juicio que hace sobre ella. Débora no aparece en su discurso como una mujer, sino como algo superior. Y por eso la ama.

Obviamente, le pregunté acerca de su amante, Valentina. Y allí su gesto, su voz, su postura cambiaron. Me dijo que a ella en la cama le podía pedir cualquier cosa, que era una máquina, que sus pechos, sus caderas, sus labios, le resultaban irresistibles y delataban cuánto le gustaba a ella el sexo.

Reparemos en la manera diferente en la que describe a ambas mujeres. Su esposa era una *mujer* maravillosa, una *madre* increíble, la mejor *persona* del mundo. En cambio su amante era una *máquina*, y sus *labios*, sus *pechos*, sus *caderas* la delataban como un puro objeto sexual.

¿Y cuál es la diferencia entre una descripción y la otra?

Que cuando habla de su esposa, se refiere a una mujer totalizada, a una madre, a una persona, en cambio cuando habla de su amante la degrada, la divide en partes. No es una mujer, es unas caderas o unos pechos, no es una madre o una compañera, es una máquina.

Pero esto que Mariano hace, no es más que dejar en evidencia la diferencia entre los mecanismos con los que funcionan el amor y el deseo.

Dijimos que el amor requiere de una cierta idealización del otro, pues bien, el deseo en cambio necesita degradar al objeto para poder erotizarse. Que no sea una mujer sino unos pechos, que no sea una buena compañera sino una máquina sexual. ¿Cuántas veces algún amigo, hablando de una mujer que lo excita, dice que es *una bestia*, o *una perra*?

Observen cómo, hasta en el discurso cotidiano, hay una aceptación de que esto funciona así.

¿Y cuál es la dificultad mayor que se le presenta a una pareja? La de poder sostener el amor y el deseo en una misma relación, es decir, idealizar y degradar, según sea el momento, a la misma persona, lo cual propone un desafío para ambos.

Recuerdo a un paciente que después de treinta años de casado seguía muy enamorado de su esposa y a la vez la deseaba enormemente. Sentía que era la mujer de su vida, pero también, cuando la miraba, veía sus pechos, sus caderas y se excitaba.

Pero ¿cuál era la dificultad que tenía? Que ella no se dejaba degradar, no quería ser tratada como una cosa, como un objeto sexual. Entonces, cuando él se acercaba desde atrás y la abrazaba y comenzaba a tocarla, ella se enojaba y le decía que no era una cualquiera, que era su esposa, que necesitaba antes de hacer el amor que él la acariciara suavemente, que la mirara, que le dijera que la amaba... y él me decía que mientras hacía todo eso que ella le pedía, se deserotizaba. ¿Por qué? Porque ella le volvía tierna una situación que debía ser sexual, y en esa ternura, se diluía su deseo.

¿Se puede desear a otra persona aun estando enamorado?
(Sí)

La respuesta a esta pregunta, aunque hiera la idea romántica del amor, es que sí. Como vimos, los mecanismos del amor y el deseo transitan por senderos tan distintos que no es raro que puedan dirigirse a personas diferentes. Esta comprobación es tremendamente dolorosa porque rompe con una de las ilusiones que genera el amor: completarse el uno al otro.

Obviamente, si el otro nos completara, no habría deseo y por lo tanto, no habría necesidad de ir a buscar nada a ningún otro lado. Pero dado que no es así, el tema de la fidelidad se impone como algo que no está dado por el solo hecho de estar en pareja y que requiere de una decisión y un esfuerzo personal. Pero hablaremos de esto en el capítulo siguiente.

Para concluir, digamos que el deseo es, en definitiva, la única arma que tenemos para enfrentar a la muerte. Porque si no tuviéramos deseos, al mirar hacia adelante, sin proyectos que nos movilicen, veríamos solamente en el final del recorrido el destino que nos espera y no podríamos evitar pensar todo el tiempo que nos vamos a morir.

Movidos por la fuerza del deseo emprendemos epopeyas, escribimos libros, nos enamoramos, estudiamos o simplemente transitamos la vida de la mano de aquellos que, con su reconocimiento, nos hacen renovar permanentemente las ganas de crecer y nos invitan a inventar, siempre, un proyecto más.

Séptimo encuentro

LA INFIDELIDAD

> "Hoy en día la fidelidad sólo
> se ve en los equipos de sonido."
>
> WOODY ALLEN

Del lado del infiel

Los puentes de Madison, una de las historias de amor que más han conmovido a lectores y espectadores, es también una historia de infidelidad. Esta novela de Robert James Waller fue llevada al cine por Clint Eastwood, quien la protagonizó junto a Meryl Streep.

El relato de la película transcurre en dos épocas, ya que va todo el tiempo del presente al pasado, y cuenta la historia de amor de Francesca y Robert. De un modo resumido, ésta es la historia.

Francesca ha muerto y sus hijos se encuentran con que ella ha dejado por escrito su voluntad de ser cremada y de que sus cenizas sean esparcidas sobre el Puente Roseman, uno de los puentes techados de Madison.

Los hijos no entienden el porqué de este pedido, ya que su padre, fallecido hace algunos años, se encargó en su momento de comprar dos tumbas contiguas para que ambos descansaran juntos por toda la eternidad.

Cuando el abogado los reúne para hacerles entrega de las cosas de su madre, entre sus pertenencias encuentran una llave que abre una caja dentro de la cual hay tres diarios dirigidos a ellos, en los que Francesca les cuenta el porqué de esta decisión.

Resulta ser que ella era una mujer que vivía en el campo y llevaba una existencia aburrida y monótona junto a su marido y sus dos hijos. Hasta que en cierta ocasión los tres llevan un toro a competir en una feria ganadera a un pueblo cercano y Francesca se queda sola por cuatro días.

En esa circunstancia conoce a un desconocido, un fotógrafo de la *National Geographic* que ha recorrido el mundo y ha llegado hasta la región con la intención de fotografiar los puentes techados de Madison. Le pregunta por el puente Roseman y, como ella no logra explicarle con claridad cómo llegar se ofrece a acompañarlo. Y allí comienza esta historia de amor.

Francesca era italiana, nacida en la ciudad de Bari. Robert le dice que conoce Bari, porque cierta vez el tren en el que viajaba se detuvo en esa estación y, como le pareció tan bella, sintió curiosidad por conocer cómo era esa ciudad, de modo que modificó sus planes y bajó allí para poder recorrerla.

Ella piensa que eso de bajarse de un tren, en un lugar cualquiera, sólo porque resulta atractivo, es algo que jamás se atrevería a hacer y, ante cada nuevo relato, se va deslumbrando por la personalidad de Robert.

Al otro día, muy movilizada por el encuentro, va en su coche hasta el puente al que sabía que él iba a fotografiar y le deja una nota invitándolo a cenar. Esa noche se hacen amantes y ambos sienten que jamás podrán volver a amar de esa manera. No podría ser de otro modo estando en el momento inicial del enamoramiento. Pero mejor dejemos los comentarios para después y sigamos con la historia.

Robert se queda esos días con ella y, cuando se acerca el momento del regreso de su familia, le pide a Francesca que deje todo para irse con él. Ella acepta, prepara las valijas, y todo parece estar dispuesto para que escapen juntos. Pero esa noche, mientras cenan, Robert la mira y comprende que ella no va a dejar a su familia. Intenta convencerla, pero ella le dice que no puede hacerles eso a su marido y a sus hijos.

Antes de despedirse, Francesca le hace el amor, le obsequia un recuerdo familiar, una cadenita que era muy importante para ella y se despiden. Pero él, que no se resigna, se queda un par de días más en el pueblo, esperando que ella cambie de opinión.

El esposo y los hijos regresan y la vida parece retomar su rumbo habitual para todos... menos para ella. En medio de esta historia, en las vueltas al tiempo presente, el director nos muestra cómo los hijos, que se van enterando de todo a medida que leen el diario, pasan de la indignación a la incredulidad, de la decepción a la comprensión y del enojo a la fascinación. Porque esta mamá que había llevado una vida oscura y rutinaria en el fondo escondía una pasión sublime.

Seguramente la escena más recordada de la película sea la famosa "escena de la camioneta".

Francesca va junto a su esposo al pueblo a comprar algunas provisiones. Llueve y es un día oscuro y triste. En un momento ella ve venir la camioneta de Robert y comprende que él se está yendo. El semáforo los detiene y su vehículo queda justo delante del de Francesca y su esposo. Ella lo mira, enamorada, angustiada y, en ese momento, él cuelga algo del espejo retrovisor. Es la cadenita que ella le regaló.

El semáforo se pone en verde, los segundos pasan, pero él no arranca. La está esperando. Le está rogando que se decida. Por un instante Francesca siente un impulso y toma la manija de la puerta para abrirla y correr hacia él. Pero duda. Y cuando está casi decidida, su marido hace sonar la bocina exigiéndole a Robert que arranque y vuelve a Francesca a la realidad. Sus ojos se encuentran por última vez en el espejo retrovisor de Robert, y él arranca, da la vuelta y se va de su vida para siempre.

Ella no puede contenerse y llora desesperadamente, ante la mirada atónita de su esposo que no entiende nada de lo que está ocurriendo.

A partir del relato de sus diarios íntimos, los hijos se enteran de que luego de la muerte de su esposo, ocurrida más de veinte años después, Francesca intentó localizarlo, pero no tuvo éxito. Hasta que un día le llegó una encomienda. Junto a esa caja había una carta que le comunicaba que Robert había muerto y que le había dejado todas sus pertenencias. Además, había pedido que su cuerpo fuera cremado y sus cenizas tiradas sobre el puente Roseman.

El diario de Francesca termina con la siguiente frase: "Le dediqué mi vida a mi familia, quiero dedicarle a él lo que quede de mí".

Al terminar de leer, los hermanos se miran emocionados después de haberse enterado de la historia de amor de su madre, se sonríen y brindan en honor a esta mamá que desconocieron toda la vida y resuelven cumplir con su deseo.

La película es ciertamente emotiva, pero desde el punto de vista psicológico diría que es una historia casi siniestra. Porque no es más que la vida de una mujer que tuvo sólo cuatro días de pasión y que luego esperó a morirse durante cuarenta años para que sus cenizas se unieran con las del hombre que había amado y al cual no vio nunca más.

Esto que le ocurrió a Francesca es una enfermedad que se llama Melancolía, y sobre la que no voy a explayarme porque también escapa a la intención de este libro, pero quiero plantear que el afecto melancólico sumerge al sujeto en un estado enfermo y sufriente.

Que alguien durante cuarenta años lo único que espere sea morirse para ser cremado y que sus cenizas se unan a las de una persona que vio solamente cuatro días hace ya casi medio siglo, no podemos decir que sea una buena vida.

Pero la película nos plantea además el tema de la infidelidad como algo que no es en sí mismo ni bueno ni malo. Porque ocurre que cuando los espectadores ven la escena de la camioneta que acabamos de describir, todos están rogando para que ella se baje y se vaya con el otro, para que abandone a su esposo y a sus hijos y se juegue por su historia de amor.

Sin embargo, no creo que esa actitud sea el fruto de una toma de partido en favor de la infidelidad, sino que es el resultado de haber estado en presencia de una verdadera pasión, del deseo, de eso que la protagonista, Francesca, había descubierto en su contacto con Robert y que era lo único importante que, como mujer, le había pasado en la vida. Y cuando digo como mujer, lo hago para marcar una separación de roles, porque como madre también le habían pasado cosas muy fuertes. Esos dos hijos eran fundamentales para ella, y también lo era su esposo. Un buen hombre al que quería y respetaba y al que cuidó hasta el último de sus días en su lecho de muerte.

Francesca es una buena mujer, su esposo y Robert dos buenos hombres, y tal vez por eso la película muestra que el tema de la infidelidad es más complejo de lo que comúnmente se piensa y que no siempre se puede poner a los buenos de un lado y a los malos del otro.

Amor e infidelidad

De todo lo que hemos venido exponiendo surge con claridad cómo la infidelidad pone el acento sobre el amor y el deseo como dos afectos que, aunque comúnmente pensamos que van de la mano, tienen profundas diferencias. Y es que se trata de emociones complejas y, como tales, tienen su origen en la infancia.

No hay amores más serios que los que se tienen de niños. Los adultos tenemos la costumbre de minimizar los afectos infantiles sin darnos cuenta de que son tal vez más fuertes, más importantes, tienen menos filtro que los afectos de un adulto.

Retomo la frase de Discépolo: "Si yo pudiera como ayer querer sin presentir". Los adultos presienten. Cuando se enamoran, ya saben que se puede terminar, que los pueden engañar, que ellos también pueden hacerlo, que el deseo puede desaparecer y sobre todo saben algo que es fatal para la idea romántica del amor, y que es el hecho de haber comprobado que de amor, si no se está loco, no se muere nadie. Situación encarnada en la frase que, dos o tres años después, dice alguien que creía que iba a morir de amor: "yo no entiendo cómo pude haber sufrido tanto por una persona así".

Infidelidad e infancia

Viendo la importancia que las vivencias infantiles tendrán sobre estos temas, recuerdo a un paciente al que le costaba mucho creer en las mujeres. Cada relación era un padecimiento, porque todo el tiempo tenía la sensación de que iba a ser engañado. Y no se trataba de un celoso. Por el contrario, era un hombre muy seguro de sí mismo, exitoso, atractivo, pero sin embargo no podía evitar eso que él llamaba un presentimiento.

Entonces le dije que tal vez lo que él tenía no era un presentimiento de algo que podía ocurrirle en el futuro, sino un recuerdo olvidado de algo que le había ocurrido en el pasado.

Estábamos trabajando sobre este tema cuando vino a una sesión conmovido, lleno de asombro y muy avergonzado. Le pregunté qué le había ocurrido y me dijo que había ido a una reunión que se había hecho en el colegio en donde cursó sus estudios primarios. Era el aniversario del establecimiento y, aunque no era un hombre que hacía un culto de la nostalgia, tuvo ganas de ir y pasar un rato.

Pues bien, sucede que mientras hablaba con algunas de las personas que habían concurrido a la fiesta le pregunta a una mujer, que no había sido compañera suya, si era del barrio. Y ella le dijo que sí, que vivía en tal lugar, enfrente de un taller mecánico y que su padre tenía un negocio que se dedicaba a la venta de muebles.

Mi paciente se puso blanco y le preguntó: "Entonces ¿vos sos Claudia?" Ella le respondió que sí y él, sin poder retener una inexplicable y repentina angustia, le dijo que ella había sido la causante de que él no hubiera podido confiar nunca en ninguna mujer en su vida.

La señora no entendía nada y él le recordó quién era, cosa que ella recordó no sin cierta dificultad. Y le dijo que cuando tenían cinco años ambos eran novios hasta que un día, cuando salió a hacer un mandado, la encontró dándole la mano a otro chico del barrio.

En ese momento, mi paciente recordó que no pudo llegar al almacén, que volvió corriendo a su casa y se encerró en su cuarto a llorar y que después de ese hecho no recordaba nada más de su infancia hasta los catorce años.

Al contarme esto él estaba avergonzado por el momento que le había hecho pasar a una mujer de cuarenta y cinco años por algo que había hecho a los cinco y de lo cual ella no recordaba nada. Pero para él había sido un momento traumático, algo tremendo y, justamente, en la edad más importante por ser la que corresponde al momento cúlmine de lo que llamamos Complejo de Edipo.

Desde ese suceso en adelante, la idea que a él le había quedado inconscientemente era que el amor siempre conduciría al engaño y al dolor y por eso sus relaciones eran poco comprometidas o sufrientes. Casi podríamos decir que su vida emocional había quedado marcada por el registro de la infidelidad.

Intuyo que muchos seguirán pensando que se trata de un hecho menor, pero déjenme decirles que en pocas etapas de la vida, el amor, el abandono, la soledad y el engaño se viven con tanta potencia y con tan poca posibilidad de defenderse de la angustia como en la infancia.

Hace poco tiempo una mujer me hablaba de su hijo, un chico que invadido por toda la cuestión de la sexualidad infantil, que es tan fuerte, se pasaba todo el día espiando por la ventana a la vecinita que tanto le gustaba, y que cuando llegaba la hora de ir al colegio se ponía nervioso porque la iba a ver. Me dijo también, que el chico estuvo durante casi seis meses llevando en su bolsillo un alfajor que nunca se animó a regalarle. El hijo sufría y ella, sonriente, como si fuera una tontería me decía: "No sabés... lleva el alfajor y lo trae de vuelta... y se encierra, y llora... pobrecito". Ella no comprendía la potencia afectiva de lo que le estaba pasando a su hijo.

El chico sufría mucho. Y es comprensible que así fuera, porque estaba enamorado y el amor, como dijimos, coloca a alguien en una situación de peligro. Pues bien, lo mismo podemos decir del deseo. Porque el que desea se encuentra movilizado a ir imperiosamente en busca del objeto que origina este deseo y, movido por esa fuerza que lo atraviesa, es capaz de correr riesgos.

Hay quienes buscan la tranquilidad intentando convencerse de que ese amor o el deseo durarán toda la vida. Pero ya hemos dicho que en estos asuntos no hay certezas posibles.

Al comenzar este libro hablamos de Oscar Wilde, de su libro *El retrato de Dorian Gray* y recuerdo un párrafo más, que me gustaría citar.

Luego de una conversación acerca del amor que tiene con lord Henry, Dorian se encuentra intranquilo, siente que lo que dice ese hombre es cierto pero que le abre las puertas de un mundo oscuro y lleno de dudas. En este estado algo angustioso lo mira y lord Henry, que parece percibir los pensamientos de su nuevo amigo, le pregunta: "¿Se alegra de haberme conocido, señor Gray?" y Dorian le responde: "Sí, ahora sí, pero me pregunto si me alegraré siempre".

"Siempre."

Una terrible palabra que pone de manifiesto la búsqueda vana de una certeza imposible, o la repetición dolorosa de una elección enferma. Sin embargo, son muchas las personas que echan a perder todas sus historias de amor intentando que duren para siempre.

Comprendo que es casi inevitable que este deseo surja en el comienzo de una relación. Conocemos a alguien y empezamos el juego de la seducción, sacamos nuestras mejores joyas, tratamos de ser más inteligentes de lo que somos y más comprensivos de lo que podremos ser dentro de un tiempo.

En ese jugueteo mostramos lo mejor que tenemos para intentar convencer al otro de que nada mejor le puede pasar en la vida que estar con nosotros. Y en ocasiones lo logramos, aunque a veces el engaño dure poco. Porque consciente o inconscientemente prometemos dar lo que no tenemos y luego, más tarde o más temprano, se revelará la impostura.

Hay quienes se confiesan poco interesados en esta idea de tener una pareja para siempre; quienes sostienen que viven el momento porque "total ¿quién les quita lo bailado?" Lo dicen la primera vez, lo dicen la segunda vez, lo dicen la tercera vez, pero a la cuarta protestan: "No me llamaste en toda la semana".

Pero ¿en qué momento sus códigos empezaron a cambiar? ¿Cuándo pasaron de ese estado relajado del que no espera demasiado a esa angustia ansiosa que sólo se calma con la aparición del otro?

En el momento en el que entraron en juego otras cuestiones que van más allá de la seducción y de la ansiedad por concretar el deseo. En el momento en el que surge la necesidad de ser amado y ser reconocido como alguien especial.

Porque mientras que el deseo surge de un modo intermitente y busca la satisfacción inmediata, la reducción de la tensión que genera, el amor, en cambio, anhela la permanencia en el tiempo. Entonces ya no ocurre como con el puro deseo erótico que, una vez satisfecho, permite la ausencia del otro hasta que vuelva a surgir el ansia de reencuentro. Por el contrario, aquí es necesaria la presencia del amado, ahora, después y, si fuera posible, toda la vida.

¿Y cómo se entrecruza, entonces, el tema de la infidelidad con los del amor y el deseo?

La infidelidad sorprende

La infidelidad es un hecho inesperado, vivido generalmente como algo extraño, como si el infiel hubiera quebrantado un modo natural de relacionarse y la persona que ha sido traicionada no llega a comprender los motivos del engaño y busca una explicación que, de todos modos, no va a servir para que entienda, ni para aliviar su dolor. Pero ocurre que lo que a veces nos cuesta entender es que la fidelidad no es un acto natural sino el producto de una decisión. Decisión que, generalmente, se sostiene con gran esfuerzo.

Pienso en lo que ocurre cuando abrimos una canilla. ¿Cuándo nos sorprendemos y preguntamos qué pasó? Seguramente, cuando el agua no sale. Porque nos hemos acostumbrado tanto a que siempre brote agua al abrir la canilla que nos parece natural que así sea, cuando es mucho más difícil que el agua aparezca a que no lo haga, ya que basta con que algo obstruya la cañería para que el paso se interrumpa. En cambio, para que todo funcione bien, hay que traer el agua desde los depósitos que están muy lejos, a kilómetros de distancia a veces, lograr que venza la fuerza de gravedad con la ayuda de motores, depositarla en tanques desde los que otras cañerías la harán bajar, que se detenga a la espera de que decidamos girar la llave de la canilla y recién allí aparecer en nuestra cocina. Sin embargo, repito, nos asombra cuando esto no sucede.

Algo parecido ocurre con la infidelidad. La percibimos como algo extraño, un hecho que nos sorprende, sin pensar que es mucho más difícil ser fiel que no serlo. Porque la fidelidad debe enfrentarse a la fuerza del deseo que, como dijimos, no se detiene por más que estemos enamorados, y el amante fiel le presenta una batalla cotidiana a sus tentaciones en pos de algo que considera mejor para él.

Un momento doloroso

La primera sensación por la que atraviesa la persona que ha sufrido una infidelidad es, entonces, la sorpresa. Pero inmediatamente se siente desgarrada, víctima de un gran dolor. Evidentemente hay algo del propio narcisismo que ha sido herido, algo de su autoestima lastimada, porque esa persona que anhelaba ser todo para el otro se da cuenta de que no es así; de que esa ilusión de hacer de dos uno que genera el amor mostró su quiebre.

Dijimos ya que la ilusión del amor es encontrar a alguien que de algún modo nos complete, nos haga sentir que estamos cuidados, protegidos, que somos deseados, y no está mal que así sea. Pero lo que la infidelidad viene a mostrar es que eso era sólo una ilusión y el enamorado no solamente se siente dolido sino también desconcertado. No encuentra el motivo por el cual le ocurrió esto, porque no es fácil entender que, muchas veces, el único motivo es la existencia de un deseo que no se satisface nunca.

Muchas personas tienen la teoría de que cuando alguien es infiel eso indica que *algo le faltaba en su casa,* razón por la cual fue a buscar afuera lo que no encontraba en su pareja.

Creo entender en esa explicación un razonamiento que actúa como mecanismo de defensa ante la angustia que genera el hecho de que nadie puede garantizarse la fidelidad del otro. Creer que alguien lo hizo porque no estaba bien abre la puerta a la esperanza. "Bueno —piensan— pero eso a mí no me va a pasar porque en mi pareja todo está bien, conmigo no le falta nada", cuando la verdad es que a todos, siempre, nos falta algo.

¿Se puede amar y ser infiel?

Ésta es una pregunta que aparecía de un modo recurrente cada vez que en alguno de aquellos encuentros ha salido el tema. Y he podido comprobar que la mayoría de las personas tiende a creer que cuando alguien engaña es porque ha dejado de amar; y me permito pensar que esto no es necesariamente así. Por supuesto puede darse el hecho de que alguien haya perdido el interés por su pareja, que ya no quiera estar a su lado y busque otra relación que le brinde satisfacción o que le dé el empujón, la fuerza que necesita para separarse y que no tiene estando solo. Pero muchas veces no es esto lo que ocurre.

En muchos casos, por el contrario, la persona no desea terminar la relación que tiene con su pareja, la ama, teme que se entere porque quiere la vida que tiene junto a ella y no la cambiaría por su amante, pese a lo cual le es infiel. Digo esto aun sabiendo que no caerá bien en aquellas personas que se aferran a esperanzas vanas.

Recuerdo a una paciente cuya vida era una constante espera. Vivía expectante, como quien mira un fruto que cuelga en lo alto de un árbol y no se quiere mover de ahí porque cree que, cuando caiga, será suyo.

"Se va a separar —me decía— si hace más de un año que está conmigo; me mima, me llama todos los días, obvio que se va a separar, si no no me llamaría, no me querría ver. Si estuviera tan bien en su casa, no estaría conmigo."

Pero su amante nunca se separó, y a ella le costó mucho hacerse a la idea de que esto iba a ser así y que lo que tenía que decidir era si podía ser feliz de esta manera o si rompía la relación. Una relación que le daba mucho, pero no lo que ella esperaba.

El amor no garantiza la fidelidad

Utilizo este ejemplo porque creo que esta idea de que alguien es infiel porque dejó de amar es algo que hay que pensar seriamente. Les aseguro que son muchas las personas que aun estando muy enamoradas de su pareja han sido infieles. Porque el amor no trae por añadidura la fidelidad. Eso forma parte de la individualidad de cada quien, de su subjetividad, de su modo de vivir la vida. Y esto es un punto nodal a la hora de ver cómo se sigue después, sobre todo si esa pareja quiere reintentar luego de una infidelidad; pero ya llegaremos a ese punto.

Antes, me gustaría remarcar lo que hemos venido planteando acerca de que el amor suele generar la falsa idea de que el enamorado encadena su deseo de manera permanente al ser amado, cuando lo cierto es que el deseo no se deja apresar y continúa su recorrido por muy enamorado que alguien esté. Pero esta idea está tan arraigada que se hace necesario, entonces, encontrar siempre un problema como causa desencadenante de la infidelidad, pasando por alto que lo problemático es la naturaleza misma del deseo.

Hemos hablado ya de los celos y la posesión y de cómo estos afectos interactúan en alguien cuando se enamora. Por eso es habitual notar el carácter posesivo o celoso que a veces toma el amor; cómo alguien desea que su pareja le pertenezca, que no mire a nadie más, que ningún otro la toque, y esto hace que esa persona vea en la posibilidad de una infidelidad una amenaza que lo angustia. Entonces, para protegerse, desarrolla esta idea de que el amor excluye al engaño y cree que si es amada, entonces puede quedarse tranquila. Porque cree en ese mandato natural: el que ama no traiciona.

Pero ya dijimos que en el amor no hay nada de natural y que las relaciones humanas son construcciones. Y en esas construcciones la cultura en la que se vive también tiene influencia en cómo se viven e interpretan estas cosas.

Me permito una pequeña digresión.

Hace poco tiempo salió en los diarios la noticia de un hombre que vivía con cuatro o cinco hermanas, y era el marido de todas ellas. Vivían juntos en la misma casa y el hombre decidía con cuál de las mujeres estaba según el día y sus deseos. Y los periodistas azorados intentaban meterse dentro de esa "minicultura" que habían armado. Hablaban con ellos e intentaban mostrar desde una perspectiva externa esta relación que les parecía tan extraña y que para esta familia, sin embargo, era de lo más natural.

Les preguntaban a las hermanas cómo se llevaban, y ellas les respondían que muy bien, que él dormía un día con una, otro con otra, que una lavaba, la otra cocinaba, la tercera cuidaba los chicos y que se sentían muy bien.

Ninguna de esas mujeres veía un acto de infidelidad cuando ese hombre pasaba de una cama a la otra, cosa que probablemente sí habrían sentido si iba en busca de una amante por fuera de este pacto tan particular.

Me apresuro a decir que no estoy juzgando la situación, sino simplemente poniendo un ejemplo de un formato diferente de relación.

Algunas religiones, por ejemplo, le permiten a un hombre tener dos mujeres, otras un harem con cincuenta o cien, pero ¿por qué cien y no todas? Porque aun en esos formatos culturales todo no se puede, y siempre habrá una norma que ponga un límite y le diga que puede estar con una mujer, con dos, con cien, pero no con todas. En el ápice de ese límite aparece la prohibición del incesto, eso que establece que algunas personas nos están totalmente prohibidas.

En nuestra cultura esa prohibición abarca a los padres, los hermanos, los hijos y los abuelos, por ejemplo, ya que como decía un paciente, con mucha gracia, en la vida de todo hombre ha habido siempre alguna prima.

Pero volviendo a nuestro tema, decíamos que suele haber un anhelo de posesión que es bastante común que se genere en una pareja. Dos personas se conocen, se gustan, esto los estimula y alimenta su deseo hasta que se produce la concreción y entonces aparece esta desesperación por detener el momento.

Esto ocurre en nuestra cultura, pero como vimos hay posibilidades de que una pareja se maneje con códigos diferentes de los habituales.

La infidelidad, ¿siempre implica una mentira?

Cada pareja acuerda, explícita o tácitamente, las reglas con las que se quiere manejar. Hay acuerdos que son sanos y otros que son enfermos, que generan padecimiento en alguno de los dos, o en ambos, como veremos en el próximo capítulo. Y muchas veces, dentro de una pareja se pacta que cada quien tiene derecho a manejar su deseo con libertad.

Sé que puede sonar un poco fuerte, pero si es un pacto entre adultos, si ninguno de los dos sufre por esto, a esa pareja en particular ese acuerdo le funciona bien. Hay quienes quieren enterarse, otros en cambio, prefieren ignorarlo.

Recuerdo el caso de una mujer, esposa de un viajante, que me contó que al principio sufría mucho cada vez que su marido se iba, que se torturaba pensando en que pudiera estar con otra mujer, pero que hacía ya un tiempo había logrado tranquilizarse.

"Sólo quiero que me cuide, que no se ría de mí y me respete, que si hace algo lo haga con inteligencia, para que ni yo ni nadie más se entere y salga lastimado." Así lo planteaba ella.

Otra paciente, hablando del tema de la infidelidad, me dijo en un tono parecido, aunque más audaz, lo siguiente: "Yo no puedo pedirle que no desee a nadie más, porque yo también deseo a otras personas. Pero me encargo de que nunca lo sepa. Jamás le faltaría el respeto, nunca estaría con un amigo, ni con el vecino, ni con alguien del trabajo con quien después él pudiera encontrarse si me acompaña a alguna reunión. Ni loca lo expondría a que estuviera delante de un hombre con el que yo me he acostado; eso sería una falta de respeto. Puedo desear a otros hombres, pero eso no. Nadie con quien él se vaya a cruzar o de lo que pudiera enterarse. Nunca. Porque lo que hago tiene que ver con mi deseo. No es algo en contra de él. Porque yo lo amo y, entonces, lo tengo que cuidar".

Observemos qué interesante es su razonamiento, y respetable desde mi punto de vista, que lo miro como analista y no emito un juicio de carácter moral sobre el tema. Ella no quiere dañar a nadie, aunque éste es un riesgo que corre y debe admitir. Simplemente se permite algunas cosas con su deseo. ¿Esto está bien, está mal? No me corresponde responder a esa pregunta. Excepto en casos extremos, como el abuso o la violencia, por ejemplo, no es la función de un analista hacer juicios de valor.

Pero entonces, ¿cuál es la posición que debe tomar el analista en estos casos?

Supongamos que una paciente cuenta en sesión que ha engañado a su esposo y nos dice que se siente mal, que su marido no se merece lo que ella le hizo, que puso en riesgo a su familia y que está desbordada por la angustia y el sentimiento de culpa.

Allí se abre un espacio para el trabajo analítico, una puerta para interrogar el porqué de su actitud, del riesgo que decidió correr, de su angustia actual y de esa sensación de culpa.

Pero si, en cambio, esa paciente dijera que se siente muy bien, que lo pasó genial, que su esposo no se va a enterar nunca porque lo hizo con mucha discreción y que no siente culpa alguna. En ese caso, la infidelidad no es tema de análisis. Que siga hablando de eso o de otras cosas, hasta que aparezca algún tema que la convoque a un punto angustioso.

Ésa es la característica del análisis y lo que hace que sea, como dijo Lacan, "una terapéutica que no es como las demás". Porque no mira y juzga los síntomas desde afuera, sino que escucha cuáles de sus actitudes lastiman a ese paciente en particular.

Es en ese sentido en el que decía que los acuerdos entre adultos, en tanto que no lastimen a nadie y sean decididos con libertad, son respetables.

Alguno podrá no estar de acuerdo con ellos, decir que no le gustan, que eso a él no lo convence. Perfecto, está en su derecho. Eso quiere decir que es un acuerdo que él no haría, lo cual no quita que sí lo pueda elegir otra persona.

Dijimos en el capítulo anterior que el amor y el deseo no son la misma cosa. Porque el amor se regocija en el vínculo, en la permanencia, en tanto que el deseo se comporta siguiendo a un impulso que, una vez satisfecho, desaparece para volver a aparecer después con la misma persona o con otra.

Hay una película llamada *Bleu*, que pertenece a la trilogía: *Bleu - Blanc - Rouge*, del director polaco Krzysztof Kieslowski, en la que se juega una situación muy interesante.

La protagonista es una mujer que ha enviudado y hay un hombre que siempre la amó y que está a su lado en ese momento difícil, en el que se descubre además, que el esposo muerto la engañaba con una mujer que está embarazada de él.

Toda la estética de la película está teñida de azul, de allí su nombre. Pero lo que quiero remarcar es una escena en particular en la que ella que, como toda mujer, es un verdadero enigma para el hombre que la ama, lo llama y se da el siguiente diálogo:

—¿Usted me quiere? —le pregunta ella.
—Sí.
—¿Desde cuándo?
—Desde hace mucho.
—Bueno, si quiere tenerme, venga ahora.
—Sí, enseguida.

Esto es lo que tiene el deseo. Venga ahora. Porque el deseo es premura y por eso ella le dice que vaya ya. Y este hombre enamorado obedece y va. Está lloviendo y llega todo mojado. Entonces ella le dice:

—Sáquese eso —y él obedece—. Lo otro también —le exige.

Y, como el hombre está nervioso, asustado y demora mucho, se desviste ella primero.

Decíamos que el amor se parece a la hipnosis, y aquí eso se ve claramente, en esa obediencia impensada que él tiene con esa mujer.

Pero bueno, la noche pasa y a la mañana siguiente, cuando todo termina, ella se viste y le dice:

—¿Sabe? Yo soy una mujer como todas. Tengo caries, toso, me va a olvidar, quédese tranquilo... Ah, no se olvide de cerrar la puerta antes de salir.

Y se va.

He ahí la diferencia entre quien se relaciona desde el amor y el que lo hace desde el lugar del deseo. Pero como sus reglas son diferentes, sucede entonces que el juego puede volverse peligroso, porque en algún momento uno de los dos va a sufrir.

Hay quien se relaciona con alguien que está en pareja, por ejemplo, y dice que el problema no es suyo ya que está solo y no traiciona a nadie, que el problema es del otro y que se haga cargo, entonces.

Pero puede ocurrir que esta persona se enamore de quien le proponía solamente pasarlo bien con las reglas del deseo, y entonces aparecen los problemas, porque debe desprenderse de una relación que empieza a lastimarla, o aparecen los conflictos, los reclamos, o la persona que está en pareja teme que todo salga a la luz y no sabe cómo cortar ese vínculo.

Mariano, el paciente de *Historias de diván*, me decía que él le había avisado cuál era su situación a su amante, que ella lo había aceptado y que entonces no entendía por qué ahora le venía con todos esos reclamos.

Lo que él no entendía es que muchas veces alguien acepta una situación pensando en que va a poder manejarla, hasta que se le va de las manos y comprende, entonces, una verdad dolorosa: que no somos una unidad íntegra e inmutable y que lo que nos hizo feliz en el pasado puede transformarse en el infierno de nuestro presente.

"Ella lo aceptó", decía Mariano. Yo me pregunto si eso era cierto. Si esa persona que aceptó cuando tenía cinco años menos, cuando no estaba enamorada, cuando sólo quería pasar un buen rato, es la misma que hoy sufre y reclama porque ya no le alcanza con ser la amante elegida por un hombre infiel.

Entonces ¿ser infiel es algo que se elige?

Dijimos que la fidelidad es una elección personal y con esa idea introdujimos algo del orden de la libertad de cada sujeto ya sea para ser fiel o para no serlo. Pero me gustaría decir que la libertad total de elección es algo que no existe en ninguna persona, que toda elección está condicionada desde algún lugar.

Cuando una paciente, por ejemplo, habla y dice que su pareja hace tal o cual cosa y tiene tal o cual actitud, y nosotros al escucharlo le decimos: "Ah, cómo su papá, ¿no?". Es allí donde ella cae en la cuenta de algo que a lo mejor no había percibido y toma conciencia del porqué de una elección de pareja que parecía haber tomado libremente pero que, sin embargo, estuvo condicionada por su historia, por sus modelos de pareja, de hombre, de familia.

Pero en realidad, cuando señalamos estas cosas, lo hacemos para que el paciente entienda algo de la manera en particular en la que se relaciona, en la que desea e incluso en la forma en la que sufre. No para inhabilitar este modo, excepto que esté adherido al sufrimiento. Porque todos elegimos de acuerdo a algún modelo que tiene que ver con lo que ha sido nuestra primera infancia y cómo se constituyeron nuestras relaciones, ya sea que estemos a favor o en contra de esos modelos.

Es decir que alguien puede decir que le gusta tener una pareja que sea de tal o cual forma, porque eso es lo que vivió o, por el contrario, elegir una pareja totalmente diferente de la de sus padres. Pero siempre, más o menos, para un lado o para el otro, todos tenemos inconscientemente algo que condiciona nuestras elecciones. Y el tema de la infidelidad no escapa a esto.

"¿Qué querés? —me decía un paciente—. Si yo aprendí a relacionarme así. Mi padre, toda la vida la humilló a mi madre, la maltrataba, por eso yo no soporto los gritos y soy incapaz de ofender a mi mujer."

Pero resultaba ser que le era infiel de un modo sistemático, con mujeres que le gustaban mucho menos que ella, pero no podía evitarlo, era algo casi compulsivo. Y, en análisis, llegó a la conclusión de que la infidelidad era una manera en la que estaba repitiendo esa humillación del hombre hacia la mujer.

No digo que siempre que alguien engaña a su pareja la esté humillando, pero este hombre lo vivía de esa manera.

¿Elegía la infidelidad? Sí y no. Porque, como dijimos, no hay una manera de elegir que sea totalmente pura, porque toda persona deviene de una construcción en la que intervienen factores históricos, sociales y culturales. Nadie surge de la nada. Todo hombre se ha criado en algún lugar y a partir de ahí ha desarrollado una manera de sentir, una conducta y una forma de vérselas con su deseo.

¿Le quita eso responsabilidad sobre sus actos?

De ningún modo. Un hombre, decía Freud, es responsable hasta de lo que sueña.

¿Se puede volver de una infidelidad?

Generalmente sufrir una infidelidad genera un enorme dolor. La sensación de que algo se ha roto es inevitable y el valor y la confianza en uno mismo se ve menoscabado. El engaño produce una herida Narcisista y eso deja secuelas, porque esas heridas jamás se curan totalmente. Con lo cual quiero decir que esa persona tendrá que aprender a convivir con el hecho de no haber podido ser todo para el otro.

Pero en estas condiciones, ¿puede reintentarse una pareja después de una infidelidad?

Y hay que decir que como cada sujeto es único, hay parejas que pueden reconstruirse después de un arduo trabajo y hay otras que no pueden ni siquiera intentarlo y se separan. Pero hay un tercer grupo, que es el peor de todos, que es el de aquellos que no pueden resolver lo que pasó y, sin embargo, permanecen juntos. Se quedan en una relación que tiene un nivel de tensión enorme, reprochándose lo ocurrido aún muchos años después, con la angustia y la rabia que surge ante la menor discusión.

Ésa es la peor de todas las opciones. Reintentar una relación después de una infidelidad es algo posible, pero requiere de una profunda sinceridad personal para poder reconocer si alguien puede o no volver a confiar. Hay veces que se puede intentar. Y si a pesar de poner lo mejor que tenemos nos damos cuenta de que el dolor no cesa, decir simplemente: no puedo.

En ese caso, siempre es mejor separarse que sostener a cualquier costo una familia que ya no es lo que era y que no tiene posibilidad alguna de recuperar la felicidad.

Octavo encuentro

AMORES QUE MATAN

> "El impulso del amor, llevado hasta el extremo, es un impulso de muerte."
>
> GEORGE BATAILLE

Relaciones peligrosas

Unos capítulos atrás, para reflexionar sobre algunas cuestiones referidas a la Represión, nos apoyamos en una escena de la película *El príncipe de las mareas* y me gustaría, para entrar en la temática de las relaciones peligrosas, volver a ese film, pero esta vez a su primera escena.

Una cámara aérea sobrevuela un paisaje hermoso de ríos y esteros ilustrando el relato en *off* del protagonista que nos cuenta que nació en un pueblo de pescadores, que vivió en una casita blanca que su tatarabuelo ganó en un juego de lanzamiento de herraduras y que fue quedando como herencia a su padre, el cual era pescador y tenía un barco camaronero que le permitía manejar algunos días. Vemos imágenes de él y sus dos hermanos corriendo y jugando y todo parece ser un paraíso.

Hasta que la voz nos dice que ese padre que lo llevaba al río y le dejaba manejar el barco hubiera podido ser un buen padre si no hubiera sido tan violento.

En ese momento el director nos muestra desde fuera de la casa, ensombrecidas por las cortinas, las imágenes de una discusión en la que el marido acusa a su mujer de no respetarlo y ambos se gritan hasta que se ve a los niños que abren la puerta y salen corriendo.

El personaje reflexiona y dice que la mayoría de los niños no pasa por las cosas que pasaron ellos, que tienen una vida normal y rutinaria, y concluye diciendo: "Siempre he envidiado a esos niños".

Por último su relato pasa a la descripción de la madre y nos cuenta que era una mujer muy hermosa, que solía llevar a sus hijos a expediciones por los bosques y que acostumbraba reunirlos para contarles cuentos e inventarles historias fantásticas que ellos seguían con atención y entusiasmo.

"Cuando era un niño —dice Tom, el protagonista— yo creía que mi madre era la mujer más maravillosa del mundo... no soy el primer niño que se equivoca al juzgar a sus padres."

Ya instalados en un clima pesado y un poco angustioso, nos enteramos de que esos tres hermanos habían inventado un ritual muy particular: se quitaban la ropa y corrían por el muelle hasta zambullirse en el agua. Una vez sumergidos, formaban un círculo tomados de la mano y permanecían allí todo lo que podían aguantar, hasta que ya no les quedaba más aire y se veían obligados a subir a la superficie para respirar. Ése era el juego que más les gustaba, porque debajo del agua existía un mundo silencioso y lleno de paz. Un mundo en el que no existían padres.

Les pido que incorporen la sensación potente de desprotección y angustia que esos chicos tenían. Su miedo, su vulnerabilidad y su necesidad de escapar, aunque más no fuera por unos instantes, de una realidad cruel y amenazante. Una realidad hecha de relaciones violentas que ellos no podían evitar.

Y elijo esta escena porque, por lo general, cuando hablamos de relaciones peligrosas la tendencia inicial es pensarlas dentro del marco de la pareja, ya que por tratarse de un vínculo tan fuerte y particular ésta se adueña de nuestros primeros pensamientos cuando hacemos referencia a los celos, la dependencia o la agresión.

La pareja aparece como el núcleo principal de nuestras relaciones, y eso no tiene por qué extrañarnos, ya que el mundo parece estar armado para ser vivido de a dos. La sociedad propone un modelo de vida tan a la medida de dos que confunde no estar en pareja con estar solo, y esa supuesta soledad le resulta inexplicable e inquietante.

Siempre que alguien nos invita a alguna reunión o a alguna fiesta nos pregunta con quién vamos a ir. Como si una persona no pudiera estar sola, ya sea porque lo elige o porque la elección de otro lo ha dejado, como dice Serrat, "chupando un palo sentado, sobre alguna calabaza".

Pero preferí elegir como disparador una escena que plantea las relaciones peligrosas desde el marco mismo de ese primer lazo que establece una persona en su infancia, que es con los padres. Porque la influencia que este vínculo fundante tiene en lo que será el futuro emocional de una persona es de una importancia crucial.

¿Un chico que ha tenido una infancia violenta, será inexorablemente un hombre violento?

En realidad, lo que esta pregunta conlleva es una vieja discusión entre el libre albedrío y el determinismo. Y esto me plantea, como analista, una imposibilidad de tomar partido de manera drástica por una u otra opción.

Ya saben ustedes que el libre albedrío le supone al hombre la libertad para elegir las cosas de su vida, mientras que el determinismo sostiene, en cambio, que el destino ya está escrito y es inmodificable.

Evidentemente el psicoanálisis no es una teoría determinista, ya que mal podría alguien ser analista si no creyera que tiene la posibilidad de ayudar a alguien a cambiar su destino. Pero tampoco podemos sostener a rajatabla la postura en favor del libre albedrío, si como tal suponemos la libertad total.

Porque el sujeto, como ya dijimos, está sujetado a su historia, a su deseo, a su inconsciente y a las palabras que otros han volcado sobre él. Dentro de esa sujeción tiene un límite en el cual puede moverse y elegir qué tipo de vida o de relaciones quiere para sí. Pero esa libertad jamás será completa.

No es tan fácil como suponer que alguien pudiera decir: "Estuve pensando y acabo de decidir que me voy a enamorar de un hombre que me pegue". No.

Por el contrario, atravesada por el dolor y la incomprensión, esa persona viene a análisis y dice que no puede explicarse por qué hizo ese tipo de elección y de dónde le viene esa tendencia autodestructiva. Y lo que ocurre es que una elección de amor es, muchas veces, una manera más en la que puede aparecer el inconsciente, un modo particular de recordar, ya no con ideas o palabras sino con actos, algo que no se pudo resolver y que tiene su origen en esas relaciones primarias.

Por eso decimos que el análisis no se propone ir en busca del bienestar de una persona, que el paciente se sienta mejor o que recupere un equilibrio perdido. De un análisis esperamos mucho más. Esperamos que cambie la vida y el destino de un paciente. De modo que no podemos pensar que ese destino ya está escrito y es inmodificable, pero tampoco ignorar que *nadie puede saltar por encima de sus rodillas* y que, por ende, la libertad total es una utopía.

Ahora bien, nos preguntábamos si alguien que fue golpeado, necesariamente será un golpeador y hay que decir que ese tipo de experiencias vividas en la infancia dejan huellas profundas de las que no es fácil desprenderse. Porque la violencia es una manera más de comunicarse que tiene, obviamente, reglas propias y consecuencias tremendas, pero que no deja de ser por eso, un modo de comunicación.

Tanto el que grita, como el que pega, o el que es amenazado, está estableciendo una dinámica que sostiene el vínculo a un costo altísimo, un costo que no vale la pena pagar (aclaro para disgusto de los que sustentan lo maravilloso del amor incondicional) y hay dos maneras diferentes de repetir este modelo en la adultez.

Una es quedarse en el mismo lugar del maltratado y elegir como pareja, por ejemplo, a una persona que le pegue o que le grite como lo hacían en su infancia sus padres o sus abuelos. Es decir que en este caso lo que se repite de un modo exacto es el lugar subjetivo en el que esa persona aprendió a relacionarse.

La otra manera de sostener el modelo es cambiar de lugar pero no de reglas. Es el caso de aquellos que, habiendo sido golpeados, ahora son golpeadores. Es decir que repiten la forma de vincularse a través de la violencia, pero mudan su lugar de agredidos a agresores.

Pero ¿puede alguien que vivió esas situaciones traumáticas cambiar su destino de violencia por otro con reglas más sanas y menos dolorosas?

Como dijimos, es la obligación de un analista evaluar en cada caso la posibilidad de si eso es o no posible y trabajar con su paciente para torcer lo que parece inevitable. Para lo cual hay que recorrer un camino arduo que lleva muchas veces a cuestionar a los padres, lo cual suele generar mucha angustia en los pacientes.

No es nada sencillo reconocer que se ha tenido unos padres enfermos. Por lo general, la tendencia es justificarlos ya sea aludiendo a su ignorancia, o al hecho de que trabajaban mucho y llegaban cansados y por eso tenían poca paciencia, o que ellos a su vez habían tenido que pasar por una infancia difícil.

Pero el primer paso que debe dar quien quiera escapar de ese modelo es reconocer que en esa dinámica vincular con la que se criaron algo estaba mal y permitirse la sensación de enojo o incluso la vergüenza que aceptar esto pueda generar.

Cierta vez estaba trabajando con un paciente que había tenido una infancia difícil en un hogar con mucha violencia psicológica. En ese punto del análisis él había comprendido que repetía, aunque a su manera y de un modo mucho más sutil, aquellos mecanismos agresivos y recuerdo que en una sesión en la que estaba muy angustiado hablando del tema, me preguntó: "¿Y qué debería hacer, entonces... olvidarme de mis padres y cortar mi relación con ellos para siempre?"

Decía Borges que sólo una cosa no hay, y es el olvido. Comparto esa sentencia y digo, junto a Freud, que recordar es la mejor manera de olvidar. De modo que consideré que su pregunta aludía a un hecho imposible de conseguir, ya que nadie puede ignorar voluntariamente su historia. No es posible olvidarse de los padres pero, lo que sí alguien puede hacer, es asumir que ha tenido unos padres enfermos, que se relacionaron a partir de la agresión y el maltrato y decidir que ese tipo de relaciones no son las que desea y elige para su vida actual.

Ese mismo paciente me decía que no podía alejarse, no verlos más y decir: "listo, ya está, no tengo más padres". Y mi intervención fue aclararle que no se trataba de eso, porque hacerlo sería una negación, un mecanismo de defensa para no terminar de asumir lo que le había pasado. Claro que tenía padres, pero debía aceptar que tenía esos padres, y que no los iba a olvidar ni a dejar de tenerlos, por más que decidiera no verlos más.

Como imaginarán, este hombre se estaba enfrentando a una decisión durísima, pero necesaria en su caso.

Y estuvo sin verlos casi tres años. Hasta que un día, después de haber trabajado mucho sobre esto en análisis y luego de haber resuelto algunas ataduras que lo ligaban a esos mandatos, ya con una pareja con la que se sentía feliz y alejado del modelo violento familiar, el paciente recuperó sus ganas de ver a sus padres... *un ratito*, como me decía.

Comprendió que no se trataba de transformarse en agresor y devolver ojo por ojo y diente por diente, ni tampoco de poner la otra mejilla y seguir permitiendo que se lo lastimara, sino que la mejor manera era evitar el golpe y, para lograr esto, el único modo era no estar allí cuando ese golpe llegara. Es decir, no quedarse ni participar en vínculos que se sostuvieran en una modalidad agresiva de comunicación.

Muchos padres al ver las cosas de las que son capaces sus hijos se preguntan: "¿Pero qué habré hecho yo de mal para que me saliera así?".

Ésa es, en general, una pregunta retórica que espera una respuesta segura: nada.

Sin embargo, creo que no estaría mal tomarla como una pregunta abierta y cuestionarse, seriamente, si algo en el modo en el que fue vivida la infancia de ese hijo no ha influido de alguna manera en sus conductas presentes y, en ese caso, cuánto tienen o no que ver esos padres con la realidad de la cual hoy se quejan.

En algunos momentos, la cultura ha avalado la violencia

Pero la infancia de este paciente no ha sido una excepción. Por el contrario, la historia de la violencia de los padres con respecto a los hijos ha tenido un consenso imperdonable a lo largo de la historia.

Pensemos un segundo en la palabra "chirlo". Observen cómo suena casi cariñosa o juguetona. Y eso no es una mera casualidad sonora, sino que tiene que ver con la voluntad de dulcificar un hecho agresivo. Pero ¿quién no ha escuchado decir alguna vez que un chirlo a tiempo viene bien? ¿Que un chirlo no le hace mal a nadie?

Aún hoy, y a pesar del avance de la psicología y la pedagogía en el mundo, cuesta desandar ese viejo camino que aceptaba como normal el uso de la violencia de los padres hacia los hijos.

Recuerdo a un paciente que me dijo con orgullo que su padre le pegó hasta los veinte años. Y que por eso él había salido tan derecho... es decir, sin posibilidad de elegir ninguna curva... El paciente era homosexual y, aunque ya dijimos que es una elección de amor perfectamente sana, este desdén por las curvas no había sido un mandato menor en su vida.

En una película en la que la actriz Niní Marshall interpretaba su recordado personaje "Catita" —caracterizada como esa mujer un poco cursi, de clase humilde y poca instrucción, pero con mucho coraje y una enorme dignidad—, hay una escena en la que un hombre la hace a un lado con un pequeño empujón y ella, enojada, lo mira y le dice: "Oiga, diga... tenga cuidado, que yo ya tengo marido para que me pegue".

Fíjense qué graciosa es la escena, pero qué significativo, a la vez, es esto de que en el imaginario social el marido tuviera el derecho de pegarle a su mujer. Y esta idea sostenida por muchos años, desgraciadamente, no ha sido del todo superada y, aún hoy si una mujer va a contarle a alguien que su marido la ha golpeado no es extraño que reciba el siguiente comentario: "Pero... ¿por qué se enojó tanto? ¿vos qué le hiciste?"

Estas preguntas, que a veces son formuladas sin ninguna mala fe, no hacen sino develar una idea inconsciente que todavía recorre a muchos sectores de la sociedad: la idea de que la persona golpeada es de algún modo responsable por lo que le ha pasado; una variante más del fatídico: "algo habrán hecho".

Pero, por suerte, las sociedades avanzan y en ese camino han empezado a darle un lugar a estos reclamos. De este modo se ha instalado la cuestión de la violencia de género como algo importante y ese aporte no es menor.

Pero, si queremos ser justos, debemos establecer que la violencia es algo que, por lo general, ejerce el más fuerte sobre el más débil, y por eso las personas que más sufren la violencia son los niños y las mujeres, porque es más fácil pegarle a un chico que a un grande, a una mujer que a un hombre.

Pero esto no quiere decir que no haya mujeres golpeadoras, ni mucho menos niega la existencia de la violencia psicológica, algo en lo que las mujeres pueden ser tan fuertes y crueles como los hombres.

No son pocas las veces que el maltrato aparece bajo la forma de la palabra, y ya hemos resaltado en este libro cómo la palabra tiene el poder de lastimar a una persona y de condicionar su destino.

Un paciente joven, profesional, que se desempeñaba como empleado jerárquico en una empresa multinacional, me relató que su esposa, a la que describía como una mujer afectuosa y muy compañera, a veces se enojaba y le recriminaba que era siempre el mismo quedado, que no se sabía defender y que por eso su jefe hacía con él lo que quería. Ahí podemos observar un acto de suma violencia disimulado ya que, ocultas detrás de un tono tranquilo y una actitud de crítica reflexiva, esas palabras son dardos que humillan y lastiman el narcisismo de alguien.

No son pocas las personas que establecen ese tipo de vínculos que no dañan el cuerpo, pero cuya peligrosidad es tal que generan insatisfacción y dolor psíquico permanentes.

Por eso debemos tener cuidado y no estigmatizar a la violencia solamente como una cuestión de género, sino más bien prestarle atención en todas sus manifestaciones, independientemente de que venga de un padre a un hijo, de un joven a un anciano o de un hombre a una mujer. La violencia es violencia por el modo de relación que establece y el daño que causa y no por las características de los actores en juego.

El dolor de Luciana

En mi libro *Palabras cruzadas* está relatado el caso de una paciente joven de nombre Luciana.

Luciana llegó a la primera entrevista casi sin poder hablar. Dijo que era una basura y que se merecía todo lo que le ocurría. En un momento, muy fuerte para mí, se abrió apenas la camisa y me mostró un moretón que era la prueba innegable de que estaba siendo golpeada.

No es sencillo ver eso y mantenerse equilibrado. Recuerdo que me invadió una sensación de rabia y de impotencia. Más aún, cuando me dijo que ella se lo merecía porque era mala.

Supe después que su familia la acusaba de haber abandonado a su madre cuando ésta estaba enferma y su novio, lejos de contenerla, era quien la golpeaba. Y no sólo eso ya que, incluso, la obligaba a que cumpliera algunas fantasías sexuales que ella no deseaba en lo más mínimo, pero a las que en principio accedió de un modo sufriente para no contradecirlo.

Fue un largo camino el que nos permitió sacar a la luz el origen de esa sensación de ser merecedora de castigo y su falta de autoestima; origen que encontraba su raíz en un secreto familiar jamás contado.

Como analista, siempre me ha ocurrido sentir ese impacto cuando estoy frente a alguien maltratado, ya sea este maltrato físico o psicológico. Pero inmediatamente sé que no puedo quedar preso de esa angustia, y que tengo que ponerme a trabajar con todas mis herramientas para ver si, junto al paciente, logramos que se mueva de ese lugar sufriente.

Me ha ocurrido que, muchas veces, la sensación que tenían de que ese castigo era merecido era tan grande que no estaban dispuestos a abandonar su rol de maltratados.

En esos casos, siempre opté por interrumpir el tratamiento. Porque en el análisis no se trata de brindar un lugar para la queja o la pura catarsis del paciente, sino de cambiar el lugar subjetivo en el que está posicionado. Y si no quiere o no puede hacerlo, sostener el tratamiento deja al analista entrampado en el lugar de ser el testigo mudo y pasivo de un hecho de violencia. Y eso genera entre paciente y analista un vínculo perverso que de ninguna manera debemos permitir.

Pero, volviendo a Luciana, llevó mucho tiempo que decidiera que nadie podía tratarla de ese modo y que en definitiva, el lugar para hacerse cargo de sus culpas si es que existían motivos para ella, era el diván y no su casa, y el medio la palabra y no los insultos o golpes que recibía.

Pero cuando por fin logró animarse y le comunicó a su novio que si volvía a agredirla ella iba a denunciarlo, él se rio y le dijo que podía denunciarlo todas las veces que quisiera ya que, de todos modos, no iba a pasar nada.

Y yo pregunto: ¿quién de nosotros no ha escuchado decir eso; que para qué vamos a denunciar un acto de violencia familiar si después no pasa nada? ¿Que lo que vamos a provocar es que el agresor se enoje aún más y entonces, cuando vuelva de la comisaría, todo sea todavía peor?

Dadas estas creencias, no es raro que la mayoría de las agresiones no se denuncie. Pero, además, a este motivo que de por sí es siniestro, porque deja a la persona perjudicada con una sensación de desprotección, se suma otro no menos grave. Y es que en este tipo de delitos en los que alguien es abusado, suele ocurrir que es la víctima y no el victimario quien siente vergüenza.

Nadie se avergüenza de haber sufrido un robo, o de haber sido agredido por una patota. Pero en cambio, cuando alguien sufre una violación o es golpeado sistemáticamente por alguien de su entorno íntimo tiene la sensación de sentirse humillado y, por ende, tiende a esconder el ultraje del que está siendo víctima.

A todos nos resulta indignante que esto sea así. Pero ocurre que los tiempos de las sociedades tienen una escala distinta de la de los hombres.

Cuando decimos que Argentina es un país muy joven, de apenas doscientos años, tenemos razón. Un hombre, en cambio, es ya un anciano a los noventa. Porque las sociedades tienen otros tiempos y, por ende, los cambios se van dando de a poco.

Hasta hace unos años las mujeres no votaban, si alguien se equivocaba o dejaba de amar a la persona con la cual se había casado, no se podía divorciar y debía sostener toda la vida una decisión tomada a lo mejor a los veinte años. No hace tanto que la patria potestad es compartida por ambos padres y el matrimonio igualitario, como dijimos con anterioridad, aun está en pañales. Y esto ocurre así porque la ley casi siempre va detrás de la realidad ya que es muy difícil legislar lo que aún no ha pasado.

Hasta que existió el primer robo nadie hubiera pensado en promulgar una ley que lo prohibiera. Había que esperar que esto ocurriera para que los legisladores se pusieran a discutir cuál era la mejor manera de evitarlo y cómo se iba a castigar a quienes incurrieran en ese delito.

Así funcionan las cosas. Pero, por suerte, la instalación de la temática de la violencia de género ha impulsado muchos cambios que han venido a hacerse cargo de una realidad que demandaba alguna respuesta para un grave problema. Ya no desalientan en la comisaría a la mujer que va a denunciar una agresión sino que, por el contrario, la asesoran y la protegen; tampoco ya nadie mira con naturalidad que un padre golpee a sus hijos.

Mi pensamiento se aleja del de aquellos que sostienen que el mundo está cada vez peor. Por el contrario, creo que las sociedades van evolucionando, a sus tiempos, de modo tal que sin ser el nuestro un mundo perfecto —jamás lo será— al menos ya no mandan a las histéricas a las hogueras y nadie soportaría, sin asombro al menos, que ocurrieran las atrocidades cometidas durante la Edad Media.

Sigmund Freud, el creador del psicoanálisis, fue un hombre que atravesó muchos momentos difíciles en su vida. La muerte de una hija, sus hermanos exterminados por el antisemitismo, sus hijos detenidos e interrogados. Fue declarado enemigo del régimen y sus libros fueron quemados por los nazis.

Sin embargo sostuvo que, por suerte, la humanidad había progresado: "Durante la Edad Media me hubieran quemado a mí. Ahora se contentan con quemar mis libros".

Violentar a otro es no respetar sus deseos

Hemos dicho repetidas veces que el hombre es un sujeto del deseo y no de la necesidad y esto se ve claramente en la manera en la que han evolucionado las reglas de las relaciones de pareja.

Hasta hace un tiempo, la mujer necesitaba del hombre para subsistir. Por eso, cuando se acercaba a los 30 años y estaba soltera, todos empezaban a preocuparse en su entorno. "¿Vos no serás demasiado pretenciosa?", le decía la madre a una de mis pacientes.

Porque en ese momento la mujer era un sujeto de quien alguien debía hacerse cargo; en un principio el padre, más tarde el esposo. Y, obviamente, una situación así instaura algo que es ya de por sí peligroso, que es la dependencia. Porque el que se hace cargo de alguien adquiere derechos sobre esta persona.

El mejor ejemplo son los padres cuando el hijo es menor de edad. Ejercen sobre él un derecho que genera, a su vez, obligaciones, pero que coloca al dependiente en una situación de inferioridad. Y esto, cuando se da en una relación que debería ser de paridad, como la pareja, por ejemplo, es ya un acto agresivo.

Por suerte, en la actualidad, esta manera de relacionarse ha cambiado y las mujeres se han corrido de ese lugar de dependencia. Hoy, una mujer de treinta años no está pensando quién la va a mantener sino con qué se va a mantener a sí misma, qué va a estudiar, de qué desea trabajar e incluso si desea o no casarse o tener hijos. Cosas que eran impensadas hace apenas cincuenta años atrás.

Pero este hecho, que la mujer ya no necesite del hombre, lejos de ser algo menor, pone a ambos ante un desafío maravilloso que es el de hacerse desear mutuamente, ya que dos personas que no se necesitan eligen de todos modos estar juntos sólo cuando eso es lo que desean. Y esto los obliga a seducirse, escucharse y hacer esfuerzos por comprenderse y establecer acuerdos para vivir en pareja.

Una de mis pacientes me contó que, antes de ir a acostarse, se acercó a su marido que leía en el living y le preguntó si no quería quedarse a dormir con ella esa noche.

Obviamente que era un juego de seducción, dado que el esposo vive allí, pero aun así es maravilloso que alguien pueda ejercer ese derecho de decirle al otro que aún lo quiere en su vida, que lo sigue eligiendo.

En épocas más injustas, si una mujer quería separarse no tenía adónde ir, a no ser que volviera a casa de sus padres, si es que éstos se lo permitían. Por suerte ése no es ya un problema, dado que una mujer puede mantenerse sola, tener una vida autosuficiente y plena, y esto ya pone en juego algo que es mucho más sano, porque es del orden del deseo y no de la necesidad.

La necesidad, como ya dijimos, es uno de los pocos rasgos animales que aún nos queda; necesidad de respirar o de alimentarnos, por ejemplo. Pero cuando esa necesidad se instala en el ámbito del amor, todo se corrompe. El deseo, en cambio, introduce la capacidad de elegir y es allí donde encontramos un valor importante.

Retomando el tema de la violencia, digamos que el violento, como el posesivo, es alguien que básicamente no tiene respeto por el deseo ajeno. Pero esto que de alguna manera fue apañado o al menos, silenciado en otros tiempos, es algo de lo que ahora se habla y mucho.

Por eso no es lo mismo la mujer que en los años treinta soportaba una bofetada que la que lo hace hoy. Porque en aquellos tiempos, esta aberración culturalmente formaba parte de los usos corrientes y, además, no tenía adónde ir. En la actualidad, esa actitud de quedarse no responde a una dificultad de la época y la cultura, sino que es una conducta derivada de su propia subjetividad, algo de lo cual debe hacerse cargo para poder cambiarlo. Y allí es donde los analistas tenemos la posibilidad de hacer algo para revertir esa situación.

La violencia también tiene un comienzo

Es muy común que alguien no le dé importancia a las primeras señales que anuncian la presencia de una conducta violenta. Lo que la experiencia demuestra es que es muy raro que el maltrato comience desde el vamos con una agresión física. Por lo general, lo que se encuentra es que ya antes habían aparecido algunos signos más sutiles, un insulto, un portazo o una mala contestación, a los que la persona no le dio la debida magnitud.

En el caso de Luciana, la primera situación que ella recordó al repasar la historia de su pareja tuvo que ver con un enojo que tuvieron por una causa insignificante. En esa discusión su novio se puso muy tenso y le gritó que se fuera y saliera de su vista.

Unas semanas después, cuando ella salía rumbo al trabajo, la tomó con fuerza del brazo y la detuvo diciéndole que a él nadie lo dejaba con la palabra en la boca.

El último aviso fue ya mucho más claro. Habían peleado porque ella había llegado tarde luego de ir al cine con una amiga. Su pareja la acusó de estar con otro hombre y le advirtió que se cuidara mucho porque ella no sabía de lo que era capaz.

En la próxima discusión la tomó del cabello y la golpeó por primera vez.

Observemos cómo la violencia suele ir creciendo si no se la detiene. Es como un alud de piedras que caen barranca abajo y aumentan su velocidad y su fuerza en su recorrido hasta el instante del impacto final. Por eso el momento de marcar las pautas de una relación es al comienzo. Ante la aparición de ese primer grito o insulto es cuando alguien debe parar esa actitud con firmeza. Como le decía un paciente a su esposa que acostumbraba a gritar: "yo, en estas condiciones, no voy a seguir hablando".

Porque es innegable que, en muchas ocasiones, una discusión puede ser algo productivo, pero jamás lo será un insulto. Por el contrario, éste genera en el agresor la tentación de avanzar aún más, porque con cada uno de estos actos va perdiendo el respeto por el otro.

Y es en situaciones como éstas donde podemos observar lo peligroso de la idealización del amor de la que hablamos, de creer que con el amor todo se puede. Eso es mentira. Con el amor no basta.

Haciendo una analogía, podríamos decir con términos matemáticos que el amor es condición necesaria pero no suficiente para que un vínculo sea viable. Pongamos un ejemplo.

Es necesario que una figura tenga cuatro lados para que sea un cuadrado, pero no basta con eso. Además, es condición que esos cuatro lados sean iguales y que los cuatro ángulos sean rectos, si no, por más que la figura tenga cuatro lados, con eso no tendremos un cuadrado.

Lo mismo podríamos decir de la relación entre los vínculos y el amor. Es importantísimo amar a alguien para construir algo en común, pero no alcanza con eso y, si no le sumamos el respeto y la confianza, por ejemplo, no encontraremos en esa unión el clima necesario para, al menos, sentirnos bien.

Sin embargo, tras tanto tiempo de insistir con que el amor todo lo puede, no es de extrañar que alguien quiera sostener la relación a cualquier costo sólo por estar enamorado, cuando lo más sensato sería hacer el duelo por la ruptura de esa relación y verse libre para construir luego, una nueva, con reglas más sanas.

Pero claro, nos fue dicho también que lo hermoso es amar a alguien con locura y, si eso es sólo una metáfora, no hay problemas a la vista, pero cuando eso es cierto, estamos ante una situación peligrosa.

Me permito insistir en la necesidad de quitarle a la locura esa mirada romántica que ve en ella visos de genialidad o excentricismo. La locura es algo doloroso que lastima al enfermo y a su entorno. Nada hay en ella de atractivo ni envidiable.

Lo difícil no es amar con locura, para eso basta con entregarse sin oponer resistencia a lo peor de nosotros. Lo difícil es amar sanamente, controlando la ira, el malhumor, poniendo palabras en lugar de actos y comprendiendo que la pasión, cuando está al servicio del erotismo, puede llevar a disfrutes maravillosos, pero cuando esa misma pasión se vuelca sin freno en las discusiones puede tener consecuencias lamentables.

No es sencillo manejar esto, porque la pasión suele desplazarse por los diferentes afectos y mezclarse de un modo indiscriminado; por eso muchas parejas después de grandes peleas, en las que no faltan los gritos e incluso el maltrato físico, terminan teniendo relaciones sexuales, como si la situación de violencia los erotizara.

Y es posible que así sea; ya que la violencia, muchas veces, es una manera errónea de incentivar la pasión en una pareja. Errónea porque, en esos casos, la pasión aflora de una manera destructiva. Lo cual nos lleva a la conclusión de que, así como el amor, tampoco la pasión es intrínsecamente buena o mala, sino que esto dependerá de qué es lo que haga arder con su fuego.

Recuerdo que siendo chico asistí a un encuentro en el cual un sacerdote nos habló de lo que él llamó "la Pasión del Cristo". Sentado en un banco escuché ese relato primero con curiosidad, luego con atención y finalmente con horror. Y ciertamente no entendí qué de todo lo que el sacerdote acababa de contarnos podía haber sido erotizante para Jesús. Tiempo después comprendí que pasión significa también padecimiento.

Resulta muy interesante ver que se utilice una misma palabra para hablar del máximo placer y del máximo dolor, porque es una forma en la que el lenguaje desnuda la dualidad esencial que recorre al ser humano desde su propia sangre: Eros y Tánatos, la pulsión de vida enfrentada y entremezclada todo el tiempo con la pulsión de muerte.

¿Puede cambiar una persona violenta?

El cambio, como ya dijimos, es algo posible, pero muy difícil. Es el fruto de un proceso que implica, antes que nada, reconocerse enfermo y entregarse a una ardua lucha por controlar sus impulsos en tanto que se encuentra el origen de tanta agresividad. Pero lo que de ningún modo existe es el cambio milagroso.

Pensemos que si ni siquiera el menor de los hábitos puede cambiarse de un día para el otro, mucho menos algo tan arraigado en la personalidad.

Retomemos el caso clínico.

En el último tiempo de su relación, el novio de Luciana viendo que ella estaba a punto de denunciarlo, le prometió que sería otra persona distinta de la que ella había conocido hasta ese momento.

"Hablamos y él quedó en que iba a cambiar —me dijo en una sesión— y de verdad parece otro."

Obviamente no le creí. Por supuesto que parecía otro, porque estaba fingiendo ser quien no era.

Por miedo a que lo echara de la casa o fuera a la policía él había cambiado todas sus actitudes de un modo exagerado. Ése no era un cambio, era apenas un fingimiento, como quedaría demostrado poco tiempo después.

Pero hay algo que es tanto o más importante que preguntarse si la persona con la que estamos puede cambiar su conducta agresiva. Y es entender que podemos elegir en qué vínculo nos quedamos y en cuál no.

Por supuesto que si alguien ha sostenido una relación de esas características es porque en algún punto está implicado en ese modelo enfermo, pero es preferible trabajar sobre uno mismo, preguntarse y analizar el porqué de esas elecciones, en lugar de esperar a que el cambio venga desde el otro.

A modo de cierre

"El universo es una inmensa perversidad hecha de ausencia.
Uno no está casi en ningún lado.
Sin embargo, en medio de las infinitas desolaciones hay una buena noticia: el amor."

ALEJANDRO DOLINA

¿Qué es la Pulsión de Muerte?
(o por qué elegimos sufrir)

Sería difícil desarrollar un concepto tan complejo en el ámbito de un libro que, como éste, no apunta al desarrollo de la teoría psicoanalítica. Para los que sientan interés en el tema los remito al texto "Más allá del Principio del Placer", de Sigmund Freud.

Pero digamos al menos que, así como desde lo biológico nacemos con el germen de nuestra propia destrucción, es decir, que llevamos en nosotros la información que le indica a nuestras células que debemos envejecer y morir, también desde lo psicológico tenemos una fuerza que apunta al aniquilamiento personal.

En capítulos anteriores lo llamamos Inconsciente Estructural. Básicamente es una fuerza que nos impulsa a elegir lo que va a hacernos mal y a repetir esa elección una y otra vez.

Por eso es que solemos relacionarnos de un modo enfermo y es a partir de ese modo como aparecen los celos, la posesión, los amores incondicionales o las relaciones violentas de las que hemos estado hablando.

Elegimos esos vínculos porque en algún punto nocivo satisfacen a una parte de nosotros: a nuestra pulsión de muerte. Pero el precio de esa satisfacción es nuestro sufrimiento.

Y este libro ha tratado de eso.

No ha sido mi intento el de volcar una mirada cínica sobre el amor, sino intentar pensar un poco más acerca de una temática tan compleja e importante sobre la que no hay un saber posible y en la que, sin embargo, solemos comportarnos como si supiéramos perfectamente de qué se trata.

Por eso, me pareció interesante que cuestionáramos esos lugares comunes que atraviesan el decir cotidiano y que muchas veces nos hacen tomar decisiones equivocadas.

No es cierto que el amor todo lo puede. No es cierto que el que ama no puede engañar. No es cierto que a la relación amorosa no haya que ponerle condiciones. No es cierto que el amor y el deseo vayan siempre de la mano. Pero decir que todo esto no es cierto no implica que sea imposible.

El arte de amar

Seguramente muchos hayan leído o al menos hayan escuchado hablar del libro de Erich Fromm llamado *El arte de amar*. Les confieso que siempre me ha gustado ese título. Porque pensar al amor como un arte es pensar al enamorado como a un artista, como alguien que construye una obra, que la cuida, que vuelve sobre sus pasos y se corrige, se mejora e intenta dar lo mejor de sí para que el fruto de su trabajo sea algo noble y bello.

Ése y no otro es el desafío de toda persona que intenta construir una relación sana, ya sea ésta una relación de pareja, de amistad o, incluso, una relación tan primaria como la de padres e hijos.

Este libro ha sido una invitación a reflexionar sobre el amor, resistiendo la tentación de caer en los tópicos que lo idealizan y lo ven como fuente de toda felicidad o como una fuerza que todo lo vence.

Lejos de eso, he tratado de pensar en el amor tal y cual lo veo a diario atravesando la vida de los hombres, produciéndoles sueños y desilusiones, placeres extremos y dolores insoportables.

En este breve recorrido hemos hablado de los celos y el deseo, de la infidelidad y la violencia, de la pareja y la sexualidad, del enamoramiento y la ilusión vana de hacer de dos uno.

No ha sido mi interés generar la idea de que el amor no existe o de que es algo sin importancia. Pero ocurre que sólo una cosa es capaz de producir tanta angustia y tanto dolor como la muerte, y esa cosa es el amor.

Pero quisiera concluir este libro con el relato de un suceso que recordé durante uno de aquellos encuentros, y que tiene que ver con la historia de amor, de deseo y de sexo más fuerte que conocí en mi vida.

Me tocó presenciarla y, de algún modo, fui parte de esa historia. Hoy quiero compartirla con ustedes. Es mi manera de decirles que está perfecto soñar con encontrar el amor. Siempre y cuando, el amor sea esto.

La vieja atorranta

Hace muchos años, cuando era un psicólogo muy joven, trabajé en algunos geriátricos. Era más o menos fácil conseguir trabajo en esos lugares, porque no son muchos los profesionales que deseen trabajar con ancianos. Prejuicios, o tal vez, una manera de protegerse. No es fácil ver morir a un paciente y, por cuestiones obvias, en esas instituciones es algo que suele ocurrir bastante seguido.

Recuerdo que en uno de los geriátricos en los que trabajaba había una abuela de noventa y ocho años.

Yo hacía mi recorrida habitual, las visitaba en sus habitaciones a todas, menos a ella. No quería incomodarla porque era ya demasiado grande. Hasta que un día la abuela me mandó a llamar y me dijo:

—Yo veo que usted viene siempre acá y que habla con todas, menos conmigo, y me gustaría hacerle una pregunta. Dígame —me miró fijo—, ¿usted cree que porque soy vieja yo no tengo nada importante que decir?

Me quedé callado unos segundos y me disculpé. Le dije que no era eso lo que pensaba, sólo que no había querido molestarla.

—Escúcheme —me interrumpió—. Se habrá dado cuenta de que ya no me queda mucho tiempo, ¿no?

Asentí.

—Bueno, entonces ayúdeme. Tengo muchas cosas pendientes, y no quisiera irme de este mundo sin haber al menos intentado hacer algo con eso.

A partir de ese día trabajamos durante casi un año juntos. La abuela tenía mucho para hablar. Por suerte me lo pidió y espero haber hecho lo suficiente por ella.

Pero no es ésa la historia que quiero contarles, sino otra, ocurrida en otro geriátrico.

Muchos de ustedes trabajarán o habrán trabajado en alguna institución, y sabrán que lo que tiene que hacer todo el que trabaja en un establecimiento al ingresar es ir a la cocina, porque la cocinera es la que está al tanto de todo lo que pasa. Más que los médicos, incluso.

Llegué, entonces, una mañana, me dirigí a la cocina y, como era habitual, le pregunté a la cocinera.

—¿Y, Betty, alguna novedad?

—Sí, doctor —me llamó así aunque soy licenciado—. ¿Ya vio a la vieja atorranta?

—No —le dije asombrado—. ¿Entró una abuela nueva?

—Sí, una viejita picarona.

Me quedé tomando unos mates con ella y no volví a tocar el tema hasta que entró la enfermera y me dijo:

—Gaby, ¿ya viste a la atorranta?

—No —le respondí.

—Tenés que verla. Se llama Ana.

Lo primero que me llamó la atención fue que utilizara, para referirse a ella, el mismo término que había usado la cocinera: atorranta. Pero lo cierto es que habían conseguido despertar mi interés por conocerla. De modo que hice mi recorrida habitual por el geriátrico y dejé para el final la visita a la habitación en la que estaba Ana.

En esa hora yo me había estado preguntando de dónde vendría el mote de vieja atorranta. Supuse que, seguramente, debía ser una mujer que cuando joven habría trabajado en un cabaret, o que tendría alguna historia picaresca. Pero no era así.

Cuando entré en su habitación me encontré con una abuela que estaba muy deprimida y que casi no podía hablar a causa de la tristeza. Su imagen no podía estar más lejos de la de una vieja atorranta. Me acerqué a ella, me presenté y le pregunté:

—Abuela, ¿qué le pasa?

Pero ella no quiso hablar demasiado; apenas si me respondió algunas preguntas por una cuestión de educación. Pero un analista sabe que esto puede ser así, que a veces es necesario tiempo para establecer el vínculo que el paciente necesita para poder hablar. Y me dispuse a darle ese tiempo. De modo que la visitaba cada vez que iba y me quedaba en silencio a su lado. A veces le canturreaba algún tango. Y, allá como a la séptima u octava de mis visitas la abuela habló:

—Doctor, yo le voy a contar mi historia.

Y me contó que ella se había casado, como se acostumbraba en su época, siendo muy jovencita, a los 16 años con un hombre que le llevaba cinco.

Yo la escuchaba con profunda atención.

—¿Sabe? —me miró como avisándome que iba a hacerme una confesión—, yo me casé con el único hombre que quise en mi vida, con el único hombre que deseé en mi vida, con el único hombre que me tocó en mi vida y es el hombre al que amo y con el que quiero estar.

Me contó que su esposo estaba vivo, que ella tenía ochenta y seis años y él noventa y uno y que, como estaban muy grandes, a la familia le pareció que era un riesgo que estuvieran solos y entonces decidieron internarlos en un geriátrico. Pero, como no encontraron cupo en un hogar mixto, la internaron a ella en el que yo trabajaba, y a él en otro. Ella en provincia y él en Capital.

Es decir que, después de setenta años de estar juntos los habían separado. Lo que no habían podido hacer ni los celos, ni la infidelidad, ni la violencia, lo había hecho la familia.

Y ese viejito, con sus noventa y un años, todos los días se hacía llevar por un pariente, un amigo o un remisse en el horario de visita, para ver a su mujer.

Yo los veía agarraditos de la mano, en la sala de estar o en el jardín, mientras él le acariciaba la cabeza y la miraba. Y cuando se tenían que separar, la escena era desgarradora.

¿Y de dónde venía el apodo de vieja atorranta? Venía del hecho de que, como el esposo iba todos los días a verla, ella le había pedido permiso a las autoridades del geriátrico para ver si, al menos una o dos veces por semana, los dejaban dormir la siesta juntos. Y, entonces, ellos dijeron:

—Ah, bueno... mirá vos la vieja atorranta.

Cuando la abuela me contó esto, estaba muy angustiada y un poco avergonzada. Pero lo que más me conmovió fue cuando me dijo, agachando la cabeza:

—Doctor, ¿qué vamos a hacer de malo a esta edad? Yo lo único que quiero es volver a poner la cabeza en el hombro de mi viejito y que me acaricie el pelo y la espalda, como hizo siempre. ¿Qué miedo tienen? Si ya no podemos hacer nada de malo.

Conteniendo la emoción, le apreté la mano y le pedí que me mirara. Y entonces le dije:

—Ana, lo que usted quiere es hacer el amor con su esposo. Y no me venga con eso de que ¿qué van a hacer de malo? Porque es maravilloso que usted, setenta años después, siga teniendo las mismas ganas de besar a ese hombre, de tocarlo, de acostarse con él y que él también la desee a usted de esa manera. Y esas caricias, y su cara sobre la piel de sus hombros, es el modo que encontraron de seguir haciéndolo a esta edad. Pero, déjeme decirle algo, Ana: ése es su derecho, hágalo valer. Pida, insista, moleste hasta conseguirlo.

Y la abuela molestó.

Recuerdo que el director del geriátrico me llamó a su oficina para preguntarme:

—¿Qué le dijiste a la vieja?

—Nada —le dije haciéndome el desentendido—. ¿Por qué?

La cuestión fue que con la asistente social del hogar en el que estaba su esposo, nos propusimos encontrar un geriátrico mixto para que estuvieran juntos. Corríamos contra el reloj y lo sabíamos. Tardamos cuatro meses en encontrar uno.

Sé que, dicho así, parece poco tiempo. Pero cuatro meses cuando alguien tiene más de noventa años, podía ser la diferencia entre la vida y la muerte. Además, ella estaba cada vez más deprimida y yo tenía mucho miedo de que no llegara. Pero llegó.

Y el día en el que se iba de nuestro geriátrico fui muy temprano para saludarla, y en cuanto llegué, la cocinera me salió al cruce y me dijo:

—No sabés. Desde las seis de la mañana que la vieja está con la valija lista al lado de la puerta.
—Yo me reí.

Entonces fui a verla y le dije:
—Anita, se me va.

Y ella me miró emocionada y me respondió:
—Sí, doctor... Me vuelvo a vivir con mi viejito. —Y se echó en mis brazos llorando.

Yo la abracé muy fuerte.
—Ana —le dije—. Nunca me voy a olvidar de usted.

Y, como habrán visto, no le mentí.

Jamás me olvidé de ella, porque aprendí a quererla y respetarla por su lucha, por la valentía con la que defendió su deseo y porque, gracias a esa vieja atorranta, pude comprobar que todo lo que había estudiado y en lo que creía, era cierto; que es verdad que la sexualidad nos acompaña hasta el último de nuestros días y que se puede pelear por lo que se quiere aunque se deje la vida en el intento.

Y además, porque la abuela me dejó la sensación de que, a pesar de todas las dificultades, cuando alguien quiere sanamente y sus sentimientos son nobles, puede ser que enamorarse sea realmente algo maravilloso y que el amor y el deseo puedan caminar juntos para siempre.

Gabriel Rolón
Marzo de 2012

Agradecimientos

A Gustavo Fulchi, que acompañó mis primeros pasos en el diván.

A David Laznik, que sostiene conmigo ese espacio en el que sigo escuchando a mi inconsciente.

A Nacho y Mariano por apoyar, como siempre, cada uno de mis sueños.

A Natu y Roberto, impulsores de esta aventura.

A Sonia, Charlie, Edgardo y Belén.

Índice

Prólogo 11

Primer encuentro
A MODO DE INTRODUCCIÓN 21

Segundo encuentro
RELACIONES DE PAREJA 47

Tercer encuentro
EL AMOR ES UN PUNTO DE LLEGADA 75
   Interludio I: La Histeria 93

Cuarto encuentro
LOS CELOS 109
   Interludio II: Narcisismo 149

Quinto encuentro
EL ENIGMA DE LA SEXUALIDAD 161

Sexto encuentro
ACERCA DEL AMOR Y DEL DESEO 191

Séptimo encuentro
LA INFIDELIDAD 217

Octavo encuentro
AMORES QUE MATAN 247

A modo de cierre 273

Agradecimientos 285